川のほとりで羽化するぼくら

彩瀬まる

目次

わたれない

ドアを開けて外に出ると、ひとすじの涼しさを含んだ風がむきだしの腕や首筋を軽やかに撫《な》でていった。

絡むような暑さだった昨日より、空の色が薄く感じる。暁彦《あきひこ》は半袖《はんそで》のTシャツという自分の服装が、急に季節に対してちぐはぐになったような落ち着かなさを感じた。ただ、マンションの廊下は影が差している分、体感温度が低い。通りに出て日差しを浴びれば、やっぱり半袖でよかったと思うだろう。

水色の空には、無数の小さな生き物が飛び回っていた。トンボの群れだ。秋と言えば赤トンボだが、それにしては胴体の色が淡く、オレンジ色をしている。ウスバキトンボだ、と昆虫好きの暁彦はすぐに見当がついた。大きめの羽で、ひらりひらりと風を乗りこなすように飛ぶ。群れを成して移動する渡りの習性があり、よく間違えられるアキアカネより羽が薄くて華奢《きゃしゃ》だ。その方が少ないエネルギーで長距離を飛べるのだろう。

暁彦が暮らす部屋はマンションの五階にある。そのため、空を駆けるトンボの群れをほぼ真横から眺めることができた。昨日まで、うんざりするほど夏だった。けれど今日からは多少なりとも真新しい秋がにじみ出すのかもしれない。

思いついて、周囲に人がいないのを確認し、ショルダーバッグから素っ裸のコッぺくんとロールちゃんを取り出した。丸っこい手足、星の浮かんだ大きな瞳《ひとみ》、栗《くり》色の合成繊維の髪、プラスチック製のつるりとした肌。彼らは三歳前後の子供に向けて製造されている抱っこ人形だ。コッぺくんがショートカットの男の子で、ロールちゃんがウエーブのかかった髪をツインテールにした女の子。コッぺくんは少し眉毛《まゆげ》が太く、ロールちゃんは唇がうすピンク色で、ほのかに微笑んでいる。

暁彦は昨晩仕上げたばかりの赤トンボをビーズで刺繍《ししゅう》した長袖のシャツと、葡萄《ぶどう》色のコーデュロイのズボンをコッぺくんに、紺色の生地にフェルトで作った金木犀《きんもくせい》をイメージした橙《だいだい》色の小花を散らしたトンボの群れを見つけて喜んでいるかのように手足を動の手すりに座らせて、まるでトンボの群れを見つけて喜んでいるかのように手足を動かし、ポーズをとらせる。最後に、表情が生き生きとして見える角度を探してスマホで写真を撮った。赤トンボのシャツの宣伝写真にちょうどいい。

人形の服を脱がせ、傷がつかないよう透明なビニール袋に入れ、人形と一緒にバッグにしまった。

トンボの群れはついついと空を泳ぎ、マンションから北に位置する川の方向へ消えた。暁彦もこれから、そちらへ向かう。橋を渡り、対岸の町に行くのだ。そこにはぺンギンさんが住んでいる。

四年前、暁彦が勤めていた事業所が閉鎖された。ハンカチやタオルなどのファブリック商品を扱うその会社は、業績不振に伴い関東《かんとう》地方からの撤退を決め、経営資源をすべて本社のある九州《きゅうしゅう》地方に集中させることにした。暁彦は本社への異動を打診されたが、妻の咲喜《さき》が近所の文具会社に勤めていること、住み慣れた地域で子育てや介護をやっていこうと計画していたことを考えると、なにもかもを放り出して見知らぬ土地に引っ越すのは、あまりに非現実的に感じられた。

辞めようと思う、と相談したところ、咲喜は当時生後七ヶ月だった娘の星羅《せいら》を膝《ひざ》であやしながら、そっか、と穏やかに頷《うなず》いた。

「いいと思う。貯金もあるし、私も仕事に戻れたし、当面は困らないからゆっくり第二の人生を選ぼうよ」

産休明けの職場復帰から二ヶ月。職場と保育園の双方に気をつかい、新しい環境で情緒不安定になった娘をなだめ続けた妻の顔には、深い疲れがにじんでいた。

「むしろ、いい機会かも。次はもっと早く帰ってこられる職場にして」

「あはははは」

申し訳なさで笑うしかない。経営不振に陥った会社の常で人員が削減され、仕事が終わらず早朝から夜遅くまで職場に詰めていた暁彦は、出産からほとんど家事や育児に参加してこなかった。せいぜい出勤前にゴミを出して、帰宅後に流しに溜《た》まった皿を洗うぐらいだ。

辞める、と決めた途端に肩が軽くなった。心なしか呼吸が深くなり、血行が良くなった気がする。晩酌のビールの味も、風呂場《ふろば》の水音も、眠気で体温の上がった星羅の抱き心地まで、まるで薄い膜を剝《は》がしたように鮮やかに感じられた。

真夜中にふと、目が覚めた。隣に眠る星羅が何度も寝返りを打ち、ふえっ、ふえっ、と泣き出す手前のむずかり声を上げている。

いつもは気が付くと朝なのに、よく目が覚めたなと思いつつ、暁彦は星羅を抱き、左右に揺らした。次第に泣き声が激しくなり、咲喜を起こさないようリビングに避難する。

「よーしよしよし、ねんねしな……」

あくびをしながら小さな背中に手を弾ませる。星羅はなかなか寝付かなかったけれど、退職を決めた高揚感もあって、根気よくあやし続けることができた。一時間ほどで潤んだ目がうっとりとつむられ、焼き菓子っぽい香りのする寝息が立ち上った。

青暗いリビングに静けさが戻る。星羅は眠り、咲喜も深く眠っている。

地球の平和を守ったヒーローは、こんな気分になるのだろうか。

いい気分で水を飲み、星羅に腕枕をして、眠った。

それから二週間後、暁彦は会社を辞めた。保育園に確認したところ、保育サービスを利用しながらの転職活動は三ヶ月までだった。これまでは七時半から十九時まで預けていたが、園側の人手が不足しているため、できれば八時半から十六時半までの八時間に収めて欲しいという。咲喜の勤務時間とは到底嚙《か》み合わず、当面の送り迎えは暁彦が担うことになった。

退職した翌日は、夜明け前に目が覚めた。徐々に明るくなっていく天井を見ながら、もし嫌だったら今日はどこにも行かなくていいんだ、ということに驚いた。体が妙にむずむずして、五時半には布団から出た。

散歩がてら最寄りのコンビニに出かけ、食パンと粉末のコーンスープと林檎《りんご》を買った。六時半にいきなり星羅が泣いた。抱いても身をよじって怒るので、どうすればいい、と咲喜に聞くと、「ミルクをあげてええ……」と枕に突っ伏したまま地獄から響くようなデスボイスで言われた。ミルク缶の説明書きを読み、湯を沸かしてミルクを作る。哺乳瓶でそれを飲ませつつ、とろけるチーズをのせた二枚の食パンをトースターに入れた。コーンスープとチーズトースト、皮は剝《む》かずに——というか剝けないので剝かずに、八つ割にして芯《しん》を取った林檎を食卓に用意し、七時に咲喜を揺り起こした。

「うわあ、なんてこった。幸せだあ」

咲喜はしばらく布団に突っ伏して悶《もだ》えていた。

膝に星羅をのせ、夫婦で向かい合ってテーブルにつく。片手で食事をとり、もう一方の手でげっぷをさせようと背中をさすっていたら、星羅がこぽりと大量のミルクを吐いた。もっと欲しいと言わんばかりに泣くのでたくさん飲ませてしまったが、飲ませ過ぎたのかもしれない。星羅はもちろん、抱っこしていた暁彦も肩から腹まで吐き戻されたミルクで汚れ、ベビーバスの使い方を教わりながら二人で朝から風呂に入った。

保育園に持っていく荷物の準備は咲喜がやってくれた。先に出発する彼女を見送り、星羅に服を着せ、髪をタオルドライして抱っこ紐《ひも》に入れる。

星羅の支度を終え、ふいに手がとまった。

自分はなにを着るべきだろう？ スーツ？ いや、退職したのにスーツって。しかしあまりにラフな恰好《かっこう》だと、これから仕事に向かう保護者の中で浮きそうだ。迷った挙句、襟付きのシャツにチノパンという無難な服装を選んだ。

車は妻が使っているため、徒歩で同じ町内の保育園へ向かった。ゴミを捨てに出てきた同じマンションの住人に会釈し、朝露に濡《ぬ》れた町を歩き出す。少し前なら、とっくに電車に乗ってメールを確認していた時刻だ。それなのに軒先の木々なんて眺めながら、駅とは正反対の方向に歩いている。胸元に蝉のようにくっついた星羅もまた、不思議そうに父親を見上げている。丸い墨色の瞳に、逆光で影になった自分の顔と、水色の空が映っていて、なんだか宝石みたいだった。

「星羅ちゃん今日はパパが送ってくれて嬉《うれ》しいねえ」

キャラクターのアップリケ付きのエプロンを着た保育士が星羅を抱きとり、お預かりします、と笑った。登園時刻の保育園はそこらじゅうで子供が泣き、早く来なさいうわばきどこやったの走り回らない！　と親が叱り、先生たちはぐずる子供らをおんぶしながら、抱っこもして手もつないで、とさながら戦場のようだった。「どうして今日はパパなんですか？」と誰かに聞かれることもなく、暁彦は中身のいなくなった抱っこ紐を小脇に抱えて家に戻った。

リビングに散らかった星羅のおもちゃをしまい、洗濯機を回す。とりあえず再就職するまでなるべく家事はやろうと思っていた。朝食の食器を洗い、コーヒーを淹《い》れ、求人サイトを軽く眺める。洗濯物を干し、床にずいぶん髪の毛が落ちているのに気づき、時間をかけて部屋を片付けながら掃除機もかけた。昼食は、戸棚のカップ麺《めん》で済ませた。

求人サイトを見ていてもなかなか次の仕事のイメージがつかめず、午後はリビングのソファに横になった。いつも漠然と散らかっていた部屋が整頓《せいとん》され、気分がいい。朝に慌ただしく出かけ、深夜に帰ってくる。それだけの時間しか家にいなくても、廊下のすみに髪の毛と綿埃《わたぼこり》のかたまりが落ちているのがずっと気になっていた。気になっていたのに、そんなゴミ一つ片付ける気力すらなくなっていたんだ、と今更気づいた。

夕方、迎えに行った星羅を再び抱っこ紐で胸にくっつけ、暁彦はスーパーに出かけた。唐揚げと、野菜の入った惣菜《そうざい》をいくつか買う。高校の家庭科実習以来だけど、味《み》噌《そ》汁は自作することにして、わかめと豆腐も買い物かごに入れた。夕飯は用意しておくよ、と咲喜のスマホにメッセージを送ると、「やったー！」とハートの乱舞する返事が届いた。

米はうまく炊けたけれど、味噌汁がおいしくならなかった。薄すぎる、と思って味噌を足すと、今度はしょっぱくて具材の味もなにも分からなくなる。

帰宅した咲喜は食事の並んだテーブルに目を輝かせ、すごい、すごいと興奮しながら箸《はし》をとった。

「味噌汁がいまいちなんだ」

「そう？」

咲喜は味噌汁をすすり、すぐに「おいしいよ？」と言った。

「でも、そうだなー……だしを入れるの忘れた？」

「あ、そういうことか。昆布や鰹節《かつおぶし》でとるんだっけ」

「そんな面倒なの使わなくても、顆粒《かりゅう》だしで充分だよ。スティックタイプのが、冷蔵庫の横の引き出しに入ってるから」

「なるほど」

明日はそれを使ってみよう、なんて考えていると、咲喜が「あ！」とすっとんきょうな声を上げた。

「しまった、星羅の離乳食」

「あ」

「もうミルク飲ませちゃった？」

「うん、さっき腹減ったって感じでぐずってたから」

「そっか、ごめん。ちゃんと言ってなかった。朝と夜のミルクの前に、おかゆとか潰《つぶ》した野菜とか食べさせてるんだ。ミルクを飲むと、もうお腹がいっぱいで食べないの」

「明日からそうするよ」

「離乳食、冷凍庫に少しだけどストックもあるから、あとで説明するね」

ただミルクを飲ませて寝かせるだけだと思っていたけど、赤ん坊の世話は想像以上に細々としたタスクが多い。

朝だけでも、ミルクを飲ませる以外にオムツ替え、顔を拭《ふ》く、歯を磨く、爪を切る、着替えさせる、よだれかけやタオルなど保育園に持って行くものを鞄《かばん》に詰める、体温を測る、保育園のノートに昨晩の食事や体調を記入する、と油断すればなにか忘れそうなほど慌ただしい。その間に星羅は泣いて抱っこを求め、うんちをし、ミルクを吐き戻す。哺乳瓶を洗う、オムツを替える、うんちをトイレに流して汚れたオムツを処分する、衣服やよだれかけなどを洗濯する、といった副次的なタスクも発生する。手を動かしている間も、危ないものに触ったり、変なものを口に入れたりしないか、常に視界の端ではいはいする星羅の動向を確認し続けなければならない。トイレに入って姿が見えなくなると泣かれるのも困った。

その上、離乳食作りなんて。

しかも職場復帰をして以来、咲喜はこれらの作業を仕事と並行して、一人で回していたのだ。

寝かしつけの時間に、一波乱あった。暁彦が抱っこすると、一緒に寝るのはどうしてもママがいいとばかりに星羅がものすごい声を上げて泣くのだ。二十分ほど絶叫されて辛《つら》さを感じ、暁彦はパジャマ姿の星羅を咲喜に託した。母親に抱きとられた途端、すぐに泣き声が弱くなるのが悔しい。光量をしぼった寝室を出て、リビングで待っていると、十分も経たずに咲喜だけが外に出てきた。

「子供の世話って、こんなに手がかかるんだな」

ねぎらいを込めて冷蔵庫から冷えたビールを取り出し、渡す。

「おお！　分かってくれて嬉しい」

ぷしゅ、と音を立ててプルタブを持ち上げ、咲喜はにっこりと笑った。保育園に預け始めたのを契機に、彼女は星羅への授乳をやめ、粉ミルクオンリーに切り替えた。

「でも今日は料理も掃除もしてくれて、すごく嬉しかったよ。なんかもう、夢みたいな感じ」

「大げさだなあ。明日もやるよ」

「うん、ありがとう」

ものすごく嬉しそうにビールを飲む妻を見ているうちに、暁彦は複雑な気分になった。壁に掛かった時計を見上げる。二十二時半。勤めていた頃なら、やっと帰宅したぐらいの時間だ。特別に熱意のある社員、というわけではなかったが、年々人員が削られていく中で地道に仕事をこなし、残業も引き受け、苦労を重ねて給料を得てきた。だけど自分が仕事をすることについて、咲喜がこんな風に喜んだり、感謝してくれたりした記憶は乏しい。

「いっそ再就職するのやめて、俺が専業主夫になろうか。そうすれば料理も掃除も毎日するよ？」

多少、当てつけっぽい感情も混ざっていたかもしれない。これまでの自分も、稼ぎ手として頑張っていたと思い出して欲しい。そんな甘えた気分もあった。冗談だったし、すぐに否定されるだろうと思っていた。なんだかんだで、男は稼がなければ。そうした古い価値観が、自分の中にあった。

咲喜は予想通り、眉をひそめた。しかし彼女が口にしたのは、思いがけない内容だった。

「専業主夫って、たぶん、向いてないと辛いよ？」

「え？」

「ほら私、産休を半年ちょっととったわけだけど、時々頭おかしくなりそうなくらいしんどかったもん。赤ん坊って言葉も通じないし、いつ泣き出すか分からないし、目を離すと危ないことするし、一緒だとずっと気を張ってなきゃいけない。片方の親が専業だと保育園に入れられないから、日中は子供を一人で見ることになる。毎日毎日、公園や児童館にベビーカーで連れて行って、一緒に遊んで、他の子供とうまく遊べてるか見て、気を配って……その上、家事もやるわけでしょう？　職場みたいに、気軽にコミュニケーションの取れる大人が身近にいるわけでもない。幼稚園に入れるまで、自分の時間はほとんどない。そういう環境でストレスをコントロールして、子供に当たらず、家を整え、楽しく過ごし続けるって才能が必要だよ。正直私は……そりゃ朝と夕方はバタバタするけどさ、でも、仕事に復帰してからすごく精神的に楽になった。専業主婦、たぶん向いてなかった」

予想外に具体的な意見にどう返そうか迷っていると、咲喜は少し考えて続けた。

「もちろん、暁《あき》ちゃんが、そういうのが自分に向いてるって思うならとめないよ。ただ、息抜きの方法を確保するとか、困った時にパッと助けを求められるなんらかのサービスに登録するとか、準備はした方がいいと思う」

平然と言われて、驚いた。

思えば自分は以前から、会社が経営不振に陥っていること、余裕のなさから社内の空気がよどみ、パワハラに苦しみ自殺未遂をした上司や、うつ状態になった同僚がいることを咲喜に話していた。もしかしたら彼女は夫が働けなくなる可能性について、すでに考えをまとめていたのかもしれない。

「分かった。もっと色んな可能性を検討してみる」

「うん。そうして」

ふえええええ、と寝ぼけた声が寝室から漏れ出した。先ほどは咲喜が寝かしつけたので、今度は自分の番だろう。絶叫されないといいな、と腰が引けつつ、暁彦は寝室へ向かった。

二週間ほど経つと一通りの家事に慣れ、生活のリズムができていった。洗剤と柔軟剤の違いも、それぞれを洗濯機のどこに入れればいいのかも分かった。星羅の離乳食は、栄養バランスのとれたベビーフードがドラッグストアでいくらでも手に入った。風呂場の水はけが悪かったため、固く閉じていた排水口のふたに歯ブラシの柄を差し込んでテコの原理で外してみると、中には大量の髪の毛が詰まっていた（あのふたって外れるんだ！　と咲喜は驚いていた）。

午前中に家事をして、午後は履歴書を作ったり、求人サイトを巡ったり、元の会社の知り合いに会って伝手《つて》を探ったりと求職活動にあてる。早くから、漠然とした違和感はあった。いくら検討してもこれぞという勤め先が見つからない。業界のイメージさえ湧かない。仕事の内容よりも、勤務時間や残業の有無の方が気になる。家をメンテナンスして、快適に過ごしたい。またあの早朝に出て深夜に帰ってくるような、生まれたばかりの子供が気が付くと生後七ヶ月になっているような生活をするのではなく、ある程度は家族と一緒に暮らしたい。水色の宝石のようだった、星羅の瞳を思い出す。ああいうものを、取りこぼさずに生きていきたい。

もしかしたら自分にとってちょうどいいのは、正社員の働き方じゃないのかもしれない。そう思い始めたら、今度はスムーズに勤め先の候補が決まった。

「デパートの洋服の仕立て直し屋で、アルバイトを募集してるんだ。九時から十七時までのシフト勤務。それなら送り迎えにも行けるし、今までより家事もできるだろう。

とりあえず星羅が小学校に入るまでは、家になるべく関わっていたいって思うんだけど……どうだろう」

「仕立て直し屋？　暁ちゃん、裁縫なんてできたの？」

「ハンカチやタオルのサンプル作る部署にいたから、ミシンは一通りできるよ。そもそも布製品が好きで前の会社に入ったんだし」

「楽しく過ごせそうなら、いいんじゃない。なんだ、それなら保育園のバッグとか作ってもらえばよかった」

咲喜は少し驚いた様子で、でも笑いながら頷いた。暁彦は少し改まって言った。

「稼ぎ頭が咲喜になるわけだけど、本当に抵抗はない？」

一九八〇年代生まれの自分たちは、父親がサラリーマンで母親が専業主婦という家庭がとても多い世代だ。暁彦の実家も、咲喜の実家もそうだ。暁彦は、自分が稼ぎ頭になる想像はしても、家のメンテナンスや子育てのメインプレイヤーになる想像はあまりしたことがなかった。それは咲喜だって同じだろう。いくら想定していても、大きな変化を選ぶことになる感覚はあるはずだ。

咲喜は口を閉じ、数秒首を傾けて考え込んだ。

「なんていうか私、結局暁ちゃんのこと好きなんだよね。勤めてた頃も『疲れてたら皿は流しに運ばないでテーブルの上に残したままでいいから』って言ってたでしょう。

そういう……フェアっていうのかな、なんだろう、全体を見てバランスをとろうとするところ、すごいし、えらいなーって思うの」

「ええ……どうも」

急に褒められて、狼狽《ろうばい》する。咲喜は一度頷いて続けた。

「だから今回こういうことになって、私の収入面での責任が増えて、それは私が頑張れば暁ちゃんや星羅が元気に過ごせるってことで……なんというか、今までより深く、好きな相手の人生にかかわってる気分なのね」

「まあ、うん」

「なかなか官能的でいいよ。興奮する」

大真面目に言って、親指をぐっと立てられた。

自分の妻は、割と面白い性質の人だったらしい。それとも妻という人たちはみんな、実は面白い性質を隠し持っているのだろうか。

彼女の興奮のポイントがいまいち分からず、暁彦はあっけにとられたまま「それはよかったです」とぎこちなく答えた。


妻に興奮された日を思い出しつつ、よく晴れた午前の町を歩き出す。橋へ向かう途中で郵便局に立ち寄り、午前中に梱包《こんぽう》した商品を五つ発送した。

建物を出ると、オレンジ色のウスバキトンボが目の前をすいっと通り過ぎた。きっと先ほどマンションの廊下で見たのと同じ群れだろう。少し顔を巡らせるだけで、近くの民家の軒先に一匹、薄曇りの空に一匹、色づき始めた柿の実のそばにもう一匹と、あちこちに姿が見える。

子供の頃から虫が、特に虫の羽が好きだった。蝶《ちょう》の羽、蟬の羽、トンボの羽。鮮やかで美しい文様や、薄さの中に秘められた複雑でしたたかな構造に魅せられ、幼稚園児の頃にはもう昆虫図鑑を開いて、それらの羽を画用紙に描き写していた。精密なものが好きなのだ。覗《のぞ》き込めば、そこに小さな世界が広がっているように感じる。

気がつくと、ほんの一メートルしか離れていない椿の葉にも一匹とまっていた。日差しを受けて翅脈《しみゃく》を白く輝かせたトンボの羽は、まるで高級なシルクの糸で編まれたように美しい。暁彦は思わず手を伸ばし、触れる間際で指を止め、トンボのそばを通り抜けた。

トンボの群れを、星羅に見せたかったな、と思う。まもなく五歳になる彼女はほんの数日前、保育園の帰り道に「とんぼのめがねはみずいろめがねー、あーおいおそらをとんだからー」と歌っていた。なので、実際のトンボの目の色を一緒に確認したかった。今頃は保育園での昼食が終わり、昼寝の支度をしている頃だろうか。たくさんの幼児がせっせとパジャマに着替えている姿を想像すれば頰がゆるむ。

赤ん坊のころに比べ、立ち上がり、歩き、言葉を発するようになった星羅はずいぶん付き合いやすくなった。歌とブロック遊びが大好きで、他の子供と遊ぶより一人でえんえんとブロックの城を組み上げていたいタイプのマイペースな子供だ。三歳の誕生日前後からそうした性質が表に出てきたように思う。彼女は負けず嫌いだった自分とも優等生タイプだったという妻とも違う、一人の他者なのだとしみじみ感じられて、切なくも面白い。

そう冷静に思えるまで、星羅との付き合いは困難の連続だった。なにしろ生後七ヶ月までほとんど育児をしていなかったのだ。咲喜が仕事へ重心を移し、残業や出張も引き受けるようになったことで、朝夕の送り迎え以外にも暁彦が星羅と二人きりで過ごす時間が増えた。泣くタイミングも、理由も、泣き止ませ方も分からない赤ん坊を一日中世話していると、時々、時限爆弾でも抱いているような悲壮な気分を掻《か》きたてられた。

「おっぱいがほしい」

寝ても覚めても星羅がどこかで泣いているような幻聴が聞こえ始めた頃、暁彦は夫婦で晩酌をしている最中にぽつりと言った。

「星羅はもうおっぱい飲んでないよ?」

「いや、食料的な意味でなく、ぬくもりとか柔らかみとか、そういう意味で」

「暁ちゃんの胸板も割とあったかいし柔らかいよ？」

「俺の座布団みたいな胸板でなく、もっとこう、質量のある柔らかみが求められている気がする」

「私、別に授乳してる時でも大した質量なかったけど」

暁彦は思わず、ビールを傾ける咲喜の胸元を見てしまう。チェックのパジャマに包まれた胸部に、確かに目立った膨らみは見受けられない。そうだよな、そういう女の人だっているんだ。でも星羅は咲喜に抱かれると泣き止むことが多い。自分の抱っこと咲喜の抱っこの、一体なにが違うというのだろう。

「単純に世話してた時間の差だよ。暁ちゃんの声や匂いに慣れたら、もっと落ち着くって」

そう言われては、身も蓋《ふた》もない。

保育園の送迎と朝夕の食事作りを担いつつ、日中は仕立て直し屋で働く。そんな新しい生活は、一ヶ月ほどで行き詰まりを迎えた。好きなミシンにずっと触れていられるという点で仕事は楽しかったが、それでも職場に慣れるまでは気が抜けなかった。縫製だけでなく客対応も行うため、予想外のトラブルに振り回される場面も多い。しかしどれだけ頭が仕事でぐちゃぐちゃになっていても、夕方の五時には急ぎ自転車を漕《こ》いで、保育園に迎えに行かなければならない。そこから買い出し、夕飯作り、食べさせて風呂に入れて寝かしつけ、と怒濤《どとう》のタスクが続く。咲喜が早めに帰宅してくれると、寝かしつけなり風呂なりを交代してもらえてかなり気が楽になる。ようやく息がつけるのは寝かしつけを終えた二十三時。その後も二、三時間ごとに夜泣きが続く。そして、育児に休日はない。

一つ言えることは、朝から機嫌が悪く、抱っこ続きだった赤ん坊に二時間泣かれて疲れ果てた日曜の午後に、「これまで育児してきた時間の差」だなんて正論を思い出しても、なんの役にも立たない、ということだ。オムツは替えたし、ミルクはたらふく飲ませたばかり、室温は暑くも寒くもない二十六度。熱もないし、肌がかぶれているわけでもない。ずっと抱っこをして、できる限り優しく揺らしている。それでも星羅はうぎゃああ、うぎゃああ、と悲しげな声を上げている。

もう自分にできることはすべてやった。万策尽きると、まるで抗議でもされているような気分になる。どうしてお前はママじゃないんだ、ママがいい、ママがいい、と。

仕事を辞めたあと、自分が家事育児のメインプレイヤーになると伝えたところ、電話口の向こうで両親は絶句していた。咲喜さんと替わってくれ、と促されて受話器を渡したら「いえいえ！　いえいえいえ、そんな」と咲喜がしきりに恐縮していたので、おそらく父親は彼女になんらかの謝罪をしたのだろう。元同僚や知人も、近況を伝えると戸惑いを見せた。「そんなのダメだろ」と頭から否定する人もいた。そんな数々の心もとない瞬間が急に頭を埋め、暁彦は天井を見上げた。でもやっぱり、間違っていた自分たち家族にとって一番いい選択だと思っていた。おっぱいがないことで、おっぱいがないことで、んだろうか。この瞬間に隣にいるのがママじゃないことで、俺は星羅を苦しめているのか？

赤ん坊の泣き声は、甲高い。ずっと聞いていると、だんだん体に弱い電流でも流されているような不快感と不安が込み上げてくる。

「あー」

ぐらり、と腹の底から強い衝動が湧いた。もう抱っこしているのが嫌だ、放り出してしまいたい――。苛立《いらだ》ちが膨らむと同時に、「そんなのダメだろ」と自分の判断を鼻で笑った元同僚の顔が思い出された。

『攻撃性が男の本能なんだから、子育てなんかできるわけないって』

無性に、ムカついた。

泣いている星羅に対してではなく、ろくに育児をしたこともないだろう元同僚の馬鹿げた決めつけに。

怒りで、かえって冷静になった。とりあえず泣いている星羅をカーペットに下ろす。周りに危険なものがないことを確認し、そっとその場を離れた。ぎゃあああ！　と泣き声が一層高くなる。だけど今は我慢してもらう。

泣き声から避難するようにトイレに入り、スマホを手にとった。「父親　赤ん坊　泣き止まない」「父親　できる　あやし方」など、思いつくワードを検索ボックスにいれても、「普段会わないパパへの人見知り」だの「パパが自信をなくさないようママができるフォロー」だのピンとこない情報しか表示されない。

泣き声が続いている。焦りつつ検索を繰り返すうちに指がすべり、検索中のワードから「父親」が抜けてしまった。「赤ん坊　泣き止まない」とより大雑把な条件で検索され、表示された結果ページの中ほどに、気になるブログを見つけた。

コウテイペンギンの子育て日記、というこの世に星の数ほどあるイラスト付きの育児ブログの一つだった。ヒットした記事タイトルは、「なにをやっても泣き止まない」。記事の冒頭には、もこもこしたグレーの子ペンギンが仰向《あおむ》けで泣きじゃくっている愛らしい雰囲気のイラストが添えられている。

【泣き止まない。

なにをやっても泣き止まない。

おなかはいっぱいだしオムツも替えた、げっぷも出たし汗もかいてない、気がつけばずーっと抱っこしてる。発熱もないし、かぶれもない。それなのにぐずぐず泣き止まない……分かります！

今まさに生後七ヶ月の次男がそんな感じです！】

思わず指が止まった。これだ。これをどうすればいいのか、知りたかった。次男、ということは、この人は既に上の子供がこの月齢を超えているのだ。きっと有効な対処法を知っているだろう。そう期待して、画面をスクロールする。

【泣きたいんですよ。しょうがないよ。ペンギンも疲れるとよく泣きたくなります。いっしょいっしょ。

毎日ミシミシ成長してて体が痛いのかもしれないし、たまたま天井に映った影が怖かったのかもしれないし、お腹がぐるぐる鳴ったのがいやだったのかもしれない。

こちらが考えられる限りの手を尽くしても、泣いてること、あります。なんらかの不安や不快感があるのかもしれない。でもそれは、少なくともその子を抱っこしてるあなたには伝わらないんだからしょうがない。すべての要求をエスパーみたいに理解して拾うのは無理です。

なので、私は割と開き直ります。泣きたいなら泣きなさいよ、と失恋してくだを巻いてる友人を相手にしている気分でいきます】

なんだか想像していた方向性と違う。というか、もしかして、育児をしているのが父親だからとか母親だからとかに関係なく、「手を尽くしても子供が泣き止まない」のはよくある現象なのだろうか。

【失恋して泣いてる友人に、なにをしますか。私は関係ない話をふったり、遊びに誘ったりします。その人が好きな芸能人の話とかね。ようするに、悲しいことから気を逸《そ》らすわけです！

そういうわけで、エンドレス泣きの次男に試してなんとなく効果があったかな？ってこと、順番に書いてみます。

その一、抱っこしたまま、好きな音楽を流してノリノリで歌う。親が楽しそうだと、『お、なになに？』って思うみたい。うちでは、B'zのライブDVDをつけてテンション高めでシャウトしていたら、いつのまにか泣き止んでました。

その二、歯が生え始めの時期だと、もしかしたら歯ぐずりかも。歯固めも、赤ちゃんが持ちやすいやつ、冷蔵庫で冷やして噛むと気持ちいいやつ、色んなタイプがあるので探してみてね。いくつか代表的なメーカーのがコチラ。

その三、色の派手なぬいぐるみを、腕の陰なり物陰なりからひょこっと出して、また隠す。猫を猫じゃらしであやす感じで。割と興味を引っ張れる。

その四、抱っこしたままスクワット。縦方向の運動が楽しいみたい。

その五、うちはあまり効かなかったけど、参考までに、赤ん坊を泣き止ませるって評判の動画がコチラ】

最後にペンギンさんは「それでもダメなら、その子がとにかく泣きたいんだよ。親は焦らずアイスでも食べて、ゆっくり泣かせてあげて」と結んでいた。

歯ぐずり？　もしかして、それだろうか。一週間ほど前、前歯が二本生えてきたばかりだ。確かに少し、歯茎に血がにじんでいた。歯が出てくる時の痛みなんて覚えていないけれど、不快なのかもしれない。

急いでトイレを出て、星羅の元へ向かった。星羅は真っ赤な顔を涙で濡らして身をよじっていた。暁彦を捜していたのだろう。カーペットに涙のあとをつけて、初めの位置から二メートルほど戸口の方向へ移動していた。ごめんな、と謝りつつ抱き上げると、泣く勢いが心なしか弱まった。ウェットティッシュで涙を拭き、急いで彼女を抱っこ紐に入れて、ベビー用品が充実したドラッグストアへ向かった。

「あ、なにこれ。かわいい」

数日後、出張から帰ってきた咲喜はカラフルな花の形や、赤ん坊が持ちやすい小さなバナナの形をした歯固めを面白そうに手に取った。どれがいいか分からずに、色々買ってしまった。

「歯が生えただろう？　歯茎が痛いみたいでぐずってたから、買ってみた」

「ふーん、そんなこともあるんだ。痛いのかー、かわいそうに」

星羅は咲喜に抱き上げられ、嬉しそうに手足をばたつかせた。その手には、暁彦が用意した冷蔵庫で冷やすタイプの、魚の形の歯固めがしっかりと握られている。

ペンギンさんのブログは、それから暁彦の拠《よ》り所になった。

星羅への対応で迷いが生じたらとりあえずブログを開き、悩みの内容を検索してみる。三歳と零《ゼロ》歳の子を育てているペンギンさんは、とにかく子育て関連のお役立ちグッズや、子供を喜ばせるちょっとした遊びやテクニックに明るい。記事をさかのぼると、おっぱいを吸われると不快感を感じる体質であることも綴《つづ》られていた。それで子供をなだめる手札を増やそうと試行錯誤したのかもしれない。母子の特別な絆《きずな》とか、授乳を通じた信頼形成とか、暁彦からすれば困惑するしかないカードを持ち出さないため、ペンギンさんのブログはとても読みやすかった。

歯固めに続いて、テーブルの角などにつけるコーナーガードとベビー用腹巻きを買い、テレビの画面にパソコンをつないで赤ん坊が夢中になるという動画を流し始めた辺りで、咲喜に声をかけられた。

「最近、なんか色々試してる？　ずいぶん慣れてきたよね」

「そう？」

内心、ずいぶん得意だった。ペンギンさんが紹介していた、ほんわかした絵柄の動物たちが次々に「いないいないばあ」をしてくれるアニメーションに星羅は釘付《くぎづ》けになり、それを流しておけば十分くらいは泣かないで座っていてくれるようになった。おかげでうどんなりパスタなり、簡単なものなら自由な体でさっと夕飯を作れる。常におんぶして様々な家事を行っていた頃に比べて、体の軽いこと、軽いこと。

「実はいいサイトを見つけたんだ」

咲喜にとっても面白いだろうと、ペンギンさんのブログを示す。咲喜はふーん、と鼻を鳴らし、パソコンの前に座った。夕飯の前、食後、そして星羅の寝かしつけを終えてからも、熱心にブログを読んでいた。

ペンギンさんとの待ち合わせにはまだ時間があった。橋の手前の森林公園に立ち寄る。もうすぐ商品を委託しているネットショップでセールが行われる。それに間に合うように、新作アイテムのプロモーション写真を用意しておかなければならない。先ほどマンションの廊下で撮った写真はエモーショナルでアイキャッチにはいいのだが、服を売るとなるともっと一つ一つのアイテムにピントを合わせた写真が必要だ。

　日頃から利用している人通りの少ない撮影ポイントに向かい、コッペくんとロールちゃんを取り出した。秋の新作はトップスが六点、ズボン及びスカートが四点、ワンピース三点、コートが二点。靴や帽子といった小物も合わせてコーディネートを考え、日差しの角度や背景の木々とのバランスを調整する。赤トンボの長袖シャツ、葡萄色のズボン、金木犀のワンピースはもちろん、フェルトで作った林檎を縫いつけたスカートや、黄金色の銀杏《いちょう》の葉をいっぱいに散らしたコートも撮った。

　暁彦はこれらの人形の服を単品ならだいたい七百円、コーディネートした三点セットなら二千円で販売している。サイズには少しゆとりを持たせ、コッペくんやロールちゃんだけでなく、別のおもちゃ会社が販売しているジミーちゃんやちとせちゃんなど、体の寸法が少し違う人形にも着せられるように作っている。他、リカちゃんやシルバニアファミリーなど、サイズのかけ離れた人形に関しても要望があれば、受注生産を行う。親子コーデが流行《はや》っている影響か、たまにロールちゃんとおそろいの服でお出かけしたいという子供もいるようで、「この服とまったく同じデザインで子供服を作って欲しい」といった注文に、割増料金で応じることもある。

星羅が二歳の頃、ロールちゃんの着せ替え遊びにはまったことがきっかけで、暁彦は人形の服を作り始めた。おもちゃメーカーが出している人形の服は成人の服が普通に買えてしまうくらいには値が張っていて、自分で作った方がよっぽど安上がりに感じたからだ。

初めは適当な生地と型紙を買い、シンプルなワンピースやパジャマを漠然と作っていた。しかしレースだったりビーズだったりを布に縫いつけ始めた辺りから、時間を忘れるほど夢中になった。息を詰めて黙々と美しく精密なものを作っていると、虫の羽を模写していた時と同じ脳の一部分がぞわぞわと蠢《うごめ》き、深い喜びがあふれ出すのが分かった。

自作した服の数はあっという間に三十を超え、これは単なる家庭内の趣味に収まらないと感じた暁彦は、ネットショップを通じて手作りした人形の服を売り始めた。初めの二ヶ月は低調だったが、次第に注文数は伸びていった。細部までこだわりを感じる、甘すぎないけどさりげなく可愛い、ユニセックスな雰囲気がする、とショップには嬉しいレビューが集まった。買ってくれた人たちも、まさか有機的で細かいデザインが虫の羽から着想を得ているとは思わないだろう。面白がってもらえて、嬉しかった。

一年ほどで開業届を出し、仕事を人形服ブランドの運営一本にしぼった。今では毎月、かつての仕立て直し屋のアルバイト代と同じぐらいの利益が出ている。好きなことと仕事がうまく嚙み合った自分は運がいい、と暁彦は思う。

撮影の途中、人が通りかかった。

暁彦はバッグの中を覗くふりをして、さりげなく人形を体で隠した。過去に何度か不審者と間違われて公園の管理者や警察を呼ばれたことがあったからだ。たまたま撮影の位置取りが悪く、公園で遊ぶ児童達を盗撮していると疑われたこともあるし、真っ昼間から裸の人形を持ってうろうろしているなんて変じゃないか、と不躾《ぶしつけ》に決めつけられたこともある。自分は運がいいし、着せ替え好きの女の子やその母親を中心とするお客さんが喜んでくれるのだから、いい仕事だと思う。ただ、だからといって、それだけで社会と仕事の歯車が隙間なくかっちりと嚙み合うわけでもない。

コッペくんやロールちゃん、いわゆる愛育ドールと呼ばれるおもちゃは、女の子のためのものというイメージが依然としてある。自分がもしも女性だったら、人形が趣味の人、と受け取られることはあっても、変な人とは思われないんじゃないか。そう考え始めると、口の中が苦くなる。

十メートルほど離れた原っぱから、賑《にぎ》やかな子供の声が響いてきた。茂みの向こうで、同じ色の帽子を被《かぶ》った十数人の幼児たちが追いかけっこをしている。近くにエプロンを着けた保育士の姿もある。どうやら近所の保育園の子供たちのようだ。帽子の色を見る限り、星羅が行っているところとは別の園だ。

また不審者に間違われてはたまらないので、人形や服を仕分けしてバッグにしまう。

そろそろ出発すれば、待ち合わせの時間にちょうどいい。

バッグの中に、水色の紙袋にリボンの形のシールを貼った包みが見える。ペンギンさんへのプレゼントだ。喜んでもらえるだろうかと、自然と頬がゆるむ。

「ううん、きみちゃんおんなのこだから、おすもうまけちゃうの」

柔らかい風に乗って、ふ、とみずみずしい子供の声が耳に届いた。振り返る。追いかけっこを終えた五、六人の幼児が、集まって次の遊びの相談をしているようだった。女の子の一人が真面目な顔で首を振っている。きっと、あの子が言ったのだ。あの子にそう教えた大人がいるのだ。暁彦はバッグを肩にかけ、その場を離れた。


　ペンギンさんのブログを「いやだ」と咲喜は言った。

　とても歯切れ悪く、どこか、苦しそうに。

「……どうして？」

　暁彦は慎重に、なるべく咲喜に圧を与えないよう聞いた。咲喜は眉間《みけん》に薄くしわを寄せて、つっかえつっかえ答えた。

「なんか……なんか、いやだよ。星羅の子育ては、私と暁ちゃんでやるものでしょう。それなのに、インターネットの向こうの知らないママの意見をそのまま取り入れるの、変な感じ。星羅に関して、なにか困ったことがあったら私に言ってよ。二人で相談して、解決すればいい」

「……それはその通りだけど」

でも、自分も咲喜も星羅のぐずりが「歯ぐずり」だと思い当たらなかった。もしペンギンさんのブログを見ていなかったら、今でも星羅は腫《は》れて熱を持った歯茎に苦しんでいたことになる。自分たちが相談すれば、なんでも問題が解決できると思うのは危うくないか。いや、それよりも。

「星羅がもっと小さい頃、咲喜のママ友の意見を取り入れて、おすすめのベッドメリーを買ったり、寝返り防止のタオルを巻いたペットボトルを用意したりしたじゃないか。あれと、なにが違うの？」

「だってそれは、高校の頃の同級生だもん。信頼できるよ」

「俺だって、この人のブログを頭から鵜呑《うの》みにしてるわけじゃない。星羅の様子を見ながら、こうしたらもっと良いかもしれないっていう可能性を拾っているだけだよ。高校の同級生が、必ずしも星羅にぴったりのアドバイスをするわけじゃないし、インターネット上の情報が決まって役に立たないわけじゃない。それは、情報を受け取るリテラシーの話じゃない？」

咲喜は喉《のど》の奥で鈍くうなった。普段はあまり言いよどむことのない人なので、珍しい。答えを待つ間に、暁彦は細かく刻んだ野菜と卵と米をとろとろに煮込んだ雑炊を吹き冷まし、星羅の口に差し入れた。ちゃ、ちゃ、と舌を鳴らしておいしそうに食べる。顆粒だしを鰹から昆布に変えたのが良かったのだろうか。よく食べるのでまた作ろう。ふくふくした口からこぼれた野菜の欠片《かけら》を、丸っこいスプーンですくう。

「それに、俺の元同僚や友人でがっつり育児をしている人って今のところ思いつかないから、ちょうどよく相談できる相手がいないんだよ。インターネットが一番手軽じゃないか」

「……今更なんだけど、保育園の送り迎えで他の保護者と仲良くなること、ないの？」

「ない、ない。お互いに忙しいから、すれ違いざまに挨拶《あいさつ》するだけ」

「じゃあ公園は？」

「公園なんか、時々他のママさんに警戒されてる感じするもん。星羅が公園で会った子と遊び始めたら、怪我させないようにとか、おもちゃをとっちゃわないようにとか、一応子供らのそばに様子を見に行くだろう？　他のママたちもそうしてる。でも俺が近づくと、結構な確率で『さああっちに行こうね』って自分の子を抱き上げてどっか行っちゃう」

「なにそれ。気のせいじゃない？」

「ちょくちょくあるよ。他にもデパートとかのオムツ替えコーナー……ほら、あの台がずらっと並んでるやつ。星羅のオムツを替えようとしたら、隣でオムツを替えようとしていたママさんが急にやめて、いなくなったこともあった」

「……よく分かんない。私は、そんなことしない」

「それは咲喜が、育児する男性を身近に感じてるからだろう。そうじゃない人も、まだたくさんいるんだ」

　男性保育士が園児にわいせつな行為をした、父親が娘に性的虐待を行った、ＰＴＡ会長が児童を殺害した容疑で起訴されたなど、ショッキングな小児性犯罪が時折報道される。そうした事件にショックを受け、男性が育児を行うことへの忌避感を持つ人はいるのだろう。

　だけど自分は、ただ星羅を育てているだけだ。隣でオムツ替えをされている女児の体に興味を持つと思われるのは心外だし、そうした事件を起こした人間と、ただ性別が同じというだけでひとまとめにされてはたまらない。


　咲喜は難しい顔で、暁彦が作ったアンチョビとトマトのパスタを口に運んだ。

「……これ、めちゃくちゃおいしい」

「でしょう。黒オリーブ、刻んで入れてあるんだ」

「なんか――……」

「ん？」

「私もそういう固定観念に囚《とら》われてるっていうか……紹介してくれたブログを読んで、変に辛くなったのは、私はあんな風に子供に寄り添って暮らしてない、暁ちゃんに任せちゃってる、って後ろめたく思ったからかも……しれない。やるべきことをサボっているって言われた気分になったし、暁ちゃんに、よそのママはこんなに子育てしてるって、思われるのはいやだって、思った」

暁彦は数秒、言葉を失った。

「思うわけ、ないじゃないか！」

変わり者で、翻って先進的で、性別のイメージに囚われないタイプだと思っていた咲喜が、こんなことを言うなんて。

その日の深夜、星羅の寝かしつけを終えて寝室を出ると、ダイニングテーブルで咲喜が市から送られてきた十ヶ月健診の書類を記入していた。

眉間のしわが、やけに深い。

「受診前のアンケートの、保護者に関する質問が、ぜんぶママ宛てになってる」

「ええ？」

差し出されたプリントを読む。確かに質問は、すべての文章に「ママ」の二文字が入っていた。最近のママの気持ちでぴったりくるものをすべて選んで下さい（楽しい、悲しい、不安、怖い、など感情を示す様々な単語が並べられている）。ママが子供と接していて辛いと感じることはありますか（よくある、時々ある、どちらかといえばない、まったくない）。ママが育児で行き詰まった時に、相談できる相手はいますか（パパ、両親、義理の両親、保育園の先生など、複数の選択肢が用意されている）。パパは育児に協力的ですか（おおいに協力的である、おおよそ協力的である、どちらともいえない、あまり協力的でない、まったく協力してくれない）。このように育児のメインプレイヤーは「ママ」であると、ひとかけらの疑いもなく思っている文面だった。

「俺さみしい」

「私は、すごく悔しい」

咲喜は、パパは育児に協力的ですか、の質問の「おおいに協力的である」という回答にぐりぐりと二重丸をし、「主に父親が子供の世話をしています」と欄外に書き添えた。

「暁ちゃんの置かれている状況が、少し分かった気がする。これは、確かにいやだね」

ふー、と深く息を吐き、咲喜は「さっきはごめんね」と小さく言った。

「ペンギンさんのブログ、どんどん見て下さい。それで面白い育児ネタを見つけたら、私にも教えて」

　こうして、夫婦二人でブログの読者になった。その頃から二人にとって、仕事と育児と家事のちょうどいい分担が作られていった。星羅は一歳になり、二歳になり、その時々で想像もできないような問題と、得がたく素晴らしい瞬間を無数に巻き起こしながら大きくなった。

　星羅が四歳になった春先に、いつものようにネットショップから注文が入った。penguin-kouteiというユーザー名について、初めはなんとも思わなかった。オーダーは、左胸に青いトンボのビーズ刺繍を入れたコッペくん及びロールちゃん向けのTシャツと、お尻《しり》にフェルトで作った恐竜の尻尾《しっぽ》をつけたカーキ色の半ズボンだった。いつも通りに梱包し、発送した。宛先が隣町だったので、これなら郵送するより徒歩で持って行った方が早いな、と少し笑った。

　数日後、ペンギンさんのブログに、保育園の友達と一緒に人形遊びをするチビペンギンくんのイラストを添えた記事が投稿された。

　ペンギンさんの下の息子を示すのだろう、グレーの羽毛に覆われたチビペンギンくんの膝には、コッペくんが座っていた。

　トンボのTシャツを着て、恐竜の尻尾付き半ズボンを穿《は》いた、コッペくんが。

公園を出てしばらく道沿いに歩くと、秋空を映して白っぽく光る川が目の前に現れた。

川幅は広く、百メートルくらいはありそうだ。下流の方向に若草色の塗装が施されたコンクリート製の橋が見える。この辺りは水鳥が多く飛来するせいか、橋の側面には羽を広げたたくさんの鳥のイラストが向きを揃えて描かれていた。まるで連なる鳥の背で、もう一つ橋を作っているかのような趣がある。

暁彦は川の向こうに目を向ける。雰囲気はこちらの町とほとんど変わらない。コンビニがあり、ガソリンスタンドがあり、中学校がある。なんの変哲もない郊外の町だ。なにか事故でもあったのか、パトカーが通りを行き来している。あちらに、ペンギンさんが住んでいる。

トンボのTシャツと恐竜の半ズボンのあとも、ペンギンさんからはたびたび注文が入った。何日に発送いたします、ありがとうございます、などのシンプルなやりとりをしてブログを見に行くと、チビペンギンくんが真面目にコッペくんの着せ替えをしている様子がアップされている。どうやらチビペンギンくんには仲の良い女の子が二人いて、彼女らが家に遊びに来た際にお人形を持っていたのを見て、コッペくんを欲しがったらしい。

四回目の注文を受けた際、暁彦はペンギンさんに、実は数年前からブログの読者であることを打ち明けるメッセージを送った。育児について相談できる人が周りにおらず、とても参考になったこと、今でも夫婦で愛読していることを綴ったところ、ペンギンさんはとても喜んでくれた。とんとん拍子で、隣町のイタリアンカフェで一緒にランチをする約束が交わされた。ペンギンさんは近所のデザイン会社に勤めており、昼の休憩時間に抜けてきてくれるという。

ペンギンさんの下の息子は、いつもビーズ刺繍なりイラストなり、なにかしら昆虫の図案が入った服をコッペくんに買いたがる。特にトンボが好きなようだ。そこでサプライズプレゼントとして、裾《すそ》にカラフルな糸でオニヤンマの刺繍を入れた息子くん向けのTシャツを用意した。

流れの遅い川を横目に、ゆるやかに隆起した橋の中央へ向けて歩き出す。

ポケットに差し込んでいたスマホが、メッセージの受信を告げるメロディを発した。なにかペンギンさん側にトラブルだろうか、と暁彦は画面を確認する。

届いていたのは、保育園からの全体メールだった。普段は「明日は写真撮影なのでみなさん帽子と白いハイソックスを忘れないで下さい」だの「雨が降りそうなので運動会は延期します」だの細々とした連絡に使われている。しかしそのメールは、これまでにない緊迫感を伝えた。

【注意喚起】午前十一時頃、自宅で就寝していた鷲町《わしまち》在住の児童が、住居に侵入した不審な男に体を触られる事件が発生しました。犯人は現在も逃走中です。警察によると、男の年齢は三十代から四十代と見られ、口と鼻を覆う薄手の黒いマスクをつけ、大きな鞄を所持していて、逃走時に児童の服を持ち去ったということです。送迎の際は充分に注意して下さい。

なんだこれは、と足が止まった。

鷲町って、これから行こうとしている川向かいの町じゃないか。犯人が逃走したからパトカーがうろうろしていたのか。

犯人は三、四十代で、大きな鞄を所持していて、児童の服を持ち去った？

暁彦は頭のてっぺんから順に、みるみる血の気が引いていくのを感じた。これは、ちょっとまずくないか。客観的に見て、今の自分は犯人と誤認される条件を満たしすぎていないか。年代はぴったりで、大きなショルダーバッグを持ち、中にはペンギンさんにプレゼントするつもりの子供服も入っている。犯人はマスクをつけていたのだから、顔がきちんと確認されていないのかもしれない。これでもしも背格好まで似ていたら、冤罪《えんざい》を被ることにならないか。

ああでも、待ち合わせの時間まであと十五分しかない。

もしもあの時、あのタイミングでペンギンさんのブログに出会わなかったら、自分は苛立《いらだ》ちに負け、子育てを憎んでしまったかもしれない。そうならずにずっと星羅の素敵なところを感じながら育ててこられた。おっぱいがなくても幸せに育てられると確信できたし、心のどこかでいつもあのブログを、お守りのように思っていた。

そんな恩人に会う機会が失われる。

橋の向こう側の通りを、またパトカーが走り抜けた。行くに行かれず、二度、三度と足踏みをした時だった。

「そこでなにをしているんだ」

背後から、咎《とが》めるような声がかけられた。振り返ると、髪に白いものが交ざった恰《かっ》幅《ぷく》のいい男性が立っていた。暁彦の父親よりさらに一回りは年が上だろう彼は、この辺りの土地を広く所有する地主で、現在の町内会長だ。朝夕と、登下校の時間には交通量の多い道に立ち、誘導灯を片手に子供たちの見守り活動を行っている。

面倒な人に会った、と暁彦は胸が濁った。町内会長には過去に公園で撮影をしていた際に幾度か、暁彦からすれば不当で不快な干渉を受けた。こんな日中にふらふらしているようなお遊びは仕事じゃない、男が苦労から逃げるんじゃない、君は奥さんと子供を不幸にしている、人形ばかりいじくって自分でも情けないと思わないのか、自衛隊に入って性根を叩《たた》き直してもらえ、更生したら知り合いの会社を紹介してやる。

そんな、なにひとつ的を射ていない無神経な言葉を幾度かけられたことか。

彼が見守り活動を通じ、多くの父母から信頼されていることは理解している。こういう人が重石《おもし》となって、コミュニティの秩序が保たれる側面はあるのだろう。

しかし暁彦は、彼のような人を見ると本当に息が苦しくなった。レース、白いレース。俺はレースに触りたかった。脈絡もない思考がひらりと頭をよぎる。

町内会長は険しい顔で近寄り、不躾に言った。

「鞄を開けなさい」

「……は？」

「いいから鞄を開けなさい、早く。隠しても無駄だぞ」

彼が自分を、隣町の事件の容疑者扱いしていることはすぐに分かった。

暁彦はバッグの持ち手を強く握り、町内会長を睨《にら》み付けると、くるりと踵《きびす》を返して来た道を戻った。不快な場所から、一刻も早く立ち去りたかった。

「待ちなさい！」

バッグを強い力でつかまれ、中身を意識する。コッペくん、ロールちゃん、手を尽くした人形服の数々。ペンギンさんへのプレゼント。精密で、強靱《きょうじん》で、美しいものたち。レース、そうだ、レースだ。

同じクラスの、あいちゃんのシャツの袖についていた、小さなレース。

小さな薔薇《ばら》と葉っぱが刺繍された、シンプルな綿レースだった。俺はそれが、とても好きだった。虫の羽みたいで、めちゃくちゃきれいだと思った。なにそれ、と聞いたら嬉しそうに、ママがつけてくれたの、と言われた。刺繍に触らせてもらっていると、幼稚園の先生が来て俺に言った。

「暁彦くんそういうのはね、あいちゃんかわいいって言ってあげるのよ」

あいちゃんかわいい、と渡された言葉をそのまま言った。

ありがとう、とあいちゃんはにっこり笑った。先生は、よく言えましたと頭を撫でてくれた。あいちゃんかわいい、ともう一度言った。みんなに褒められて嬉しかった。レースに対して沸き上がった気持ちを忘れた。だってあれは、あいちゃんのためのものだから。

なんてことだろう。

あれを忘れずに握り締めていたら、俺は今頃もっと、もっと、美しくて素晴らしい世界を見出《みいだ》せる人間に、なれていたかもしれないのに。

嵐のように襲いくる虚脱感と共に、暁彦はバッグをつかむ手を振り払った。

「あなたはとても、失礼だ」

町内会長は眉をひそめた。スマホを取り出し、どこかへ電話をかけ始める。暁彦は自宅の方向へ走った。

ウスバキトンボとすれ違った。北上する彼らは、迷いなく川へと飛んでいく。

マンションの前まで戻り、荒い息を整えた。

もう待ち合わせの時間だ。でも橋は渡れない。事態はややこしさを増している。それで、どうしよう。誤解を解く？　ペンギンさんにランチの延期を申し出る？　むしろ最寄りの警察署にでも出向いて、俺はやっていないと先に主張しておくべきか？　なにから手をつければいい。様々なショックで、頭が回らない。混乱したまま、スマホを手に取った。かけられる相手は咲喜しか思い当たらない。

出張中の妻は新幹線に乗っていた。隣町で事件が起こり、町内会長に疑いをかけられたこと。橋を渡れず、ペンギンさんに会えないでいること。起こった物事を思い浮かぶままに説明すると、咲喜は少し考えてから言った。

「落ち着きなよ。事件が発生した頃、暁ちゃんは公園で秋物の撮影をしてたんでしょう。なら、撮った画像のデータにその時刻が残ってる。言いがかりをつけられたら、それを見せればいい」

言われてみれば、そうだ。少し呼吸が楽になる。咲喜は続けた。

「町内会長さんへは、改めて私も一緒に抗議をしに行く。あと——……誤解されそうで橋を渡りたくないんだよね？　それならペンギンさんにこちらに来てもらったら？」

「どういうこと？」

「そのままだよ。橋なんて渡るのに十分もかからないんだから、仕事がおしちゃってとか理由をつけて、こっちの側のカフェに来てもらいなよ。別に、そんなに嫌なら無理して渡る必要ないよ、橋」

妙に気が抜けた。

ありがとう、と声をかけて通話を切る。続いて、ペンギンさんとやりとりしているSNSのアプリを立ち上げた。咲喜に提案された通り、直前の仕事が長引いてしまい、できればこちらの町で落ち合いたいとメッセージを送る。彼女はランチの相談をした際、「職場から車でひょいと抜けてくる」と書いていたので、橋を渡ってもらってもそれほど負担にはならないだろう。

すぐにペンギンさんから、分かりました！　とあっさりした返事が来た。普段から家族で利用しているナポリタンとオムライスがおいしいカフェを待ち合わせ場所に指定する。

ランチタイムともあって店内には他にも客の姿があった。若いカップル、昼からビールを楽しんでいる常連らしき男性、高齢の婦人のランチ会。誰かを待っている様子の客は見当たらない。一通り見回し、暁彦は窓際の二人がけの席に座った。がらにもなく緊張する。

チリン、とドアベルが鳴り、ふんわりとした藍《あい》色のコクーンワンピースを着た女性が入ってきた。体格がよく、明るさのあるしっかりとした顔つきをしている。ペンギンさんか、と腰を浮かせかけたが、彼女は暁彦の席を素通りして奥のカウンターで店員と話し始めた。どうやら店の関係者らしい。

再びドアベルが鳴った。今度はライトグレーのパーカーにデニムを合わせた同年代の男性だった。違うな、と肩の力が抜ける。しかしソフトモヒカンにした髪をツンツン立てて、短く整えた顎鬚《あごひげ》を生やしたその男性は、つかつかと暁彦のテーブルにやってきた。

「あのーもしかして、『Aki's style』のアキさんですか。ドールの服を作ってる……」

暁彦は、まじまじと男性を見返した。

「はい……え、まさか」

「あ、どうも。ペンギンです。初めまして」

男性は照れくさそうに首の裏を掻き、会釈をしてから向かいの席に座った。水を運んできた店員にそれぞれドリンクと料理を頼み、改めて顔を合わせる。

「てっきり、女性の方だと」

「あー、よく言われます」

「確かに母親だとはブログのどこにも書いてなかったな……こっちに思い込みがあったってことですね」

「まあ、あまり分からないように書いてるんで」

「なにか理由があるんですか？」

「シングルファーザーだって情報を公開して、育児ブログやってた時もあったんですけど、なんとなくこう……そういう枠組みでしか読んでもらえなくなる、というか。パパだと分からないかもしれないけど、とか、パパだとこういうことは気づかないだろうから言いますね、みたいな、決めつけに近いコメントも多かったんですよ。それでもう、めんどくさくなって。ごちゃごちゃ余計な色眼鏡をかけずに、我が家の面白おかしい日常と、俺の卓越した育児スキルを見てくれ！　そしていいねしてくれ！って、承認欲求が爆発しました」

ペンギンさんはいたずらを仕掛けた子供のようにニヤニヤと笑った。暁彦も、つられて笑ってしまう。

「すごいですよね、育児スキル。めちゃくちゃ参考になりました」

「いやー、メッセージもらってこっちこそ嬉しかったです。ありがとうございます」

オムライスが二つ、運ばれてきた。チキンライスと半熟卵のあいだにチーズがたっぷり敷かれたそれにスプーンを差し込みながら、暁彦は淡い違和感を持った。自分は、ずいぶん迷いなくペンギンさんを「ママ」だと思っていた。それにはなにか、決定的な理由があったようにも思うのだが。

「ん？　おっぱいあげてませんでした？」

　大きく口を開け、スプーン山盛りにしたオムライスを頬ばったペンギンさんは、一瞬なにを言われたのか分からないとばかりにまばたきをした。首を傾け、咀嚼《そしゃく》しながら考え込む。

「……あー、はいはいおっぱいあげてたっていうか、おっぱい吸わせたことはありましたね。そんなんブログに書いたっけ。……あ、書いてら」

　スマホの画面を確認し、ペンギンさんは小刻みに頷いた。子供に父親の乳を吸わせた、ということに暁彦は軽い衝撃を受けた。そんなこと、考えたこともなかったからだ。

「なんでまた、そんな」

「そりゃもちろん、泣き止まなかったからですよ」

　ペンギンさんはけろりとした顔で答えた。

「うちの下の息子がかなり過敏なタイプで……あの子が生後三ヶ月ぐらいの時に元妻が育児ノイローゼというか、うつみたいな感じで実家に帰っちゃったんですね。そこからは仕事を調整して、俺が一人で育て始めたんですけど。まあとにかく寝ないし、泣くし、抱っこじゃないとダメだしで、すごくて。とにかく寝たいなーイライラしてやばいなーって焦って、ママたちがやってる添い乳ってのを一時期試しました」

「添い乳？」

「母親も子供も並んで寝転がって、そのまま授乳するやり方ですね。これだと子供はおっぱいを吸っているから泣かないし、母親も体を休められて、楽らしいです」

「はあ……」

やっぱりあると便利だなーおっぱい、と思う。ペンギンさんはのんびりとした口調で続けた。

「乳頭保護器っていう、乳首が小さいとか陥没してるとかで授乳がしにくい人が使う、シリコン製の器具があるんですけど、それを乳首に貼って試しました。そしたら下のチビがうまくくわえてくれて、こりゃいいわって思ったんですけど……なんかダメだったんですよね。寝ながら体を触られ続けるのに、俺はストレスを感じるたちだったみたいで。余計にイライラして、すぐやめました」

「なるほど」

経緯を聞くと、それほど意外には感じなかった。暁彦もまた、他者に上手《うま》く子育ての助けを求められずに疲労がピークに達し、ぐらり、と火のような苛立ちが込み上げる危険な瞬間を覚えている。苛立ちを子供にぶつけてしまうことを回避できるなら、自分も乳首ぐらいいくらでも吸わせただろう。

暁彦はふと、ペンギンさんがこちらの目を見ていることに気づいた。自分の言っていることが理解されているか、確認するような目つきだった。いやいや分かりますよ、と伝えるつもりで浅く頷く。ペンギンさんは苦笑して、小さく頷き返した。

「そういうわけで、その後はひたすら国内外の育児グッズを買いまくって、片っ端から試しました。他にもベビーマッサージとか音楽療法とか手遊びとか……下の息子が落ち着くなら、なんでもよかった。そうして集めた情報を整理がてらブログで紹介していったら、ありがたいことに俺やアキさんみたいなパパだけでなく、ママたちからもすごく支持してもらえるようになったんです。今度、ブログの内容をまとめた本が出るんですよ。『ペンギンデイズ』っていうの。一冊送るんで、読んで下さい」

ありがとうと礼を述べ、コーヒーを飲む。暁彦はふと、自分がとても久しぶりに、家庭外の空間で受け入れられているのを感じた。

「さっき、実は、えらい目に遭って」

リラックスし、口が柔らかくなり、だから言えた。橋と、その向こうの町を信じることはできなかったけれど、この二人がけテーブルの周囲の空間を、暁彦は信頼することができた。

暁彦が、町内会長に川向かいの町の事件の容疑者扱いをされた旨を打ち明けると、ペンギンさんは驚きを露《あら》わに目を丸くした。

「ちょっと失礼」

断りながら腰を浮かせ、暁彦の頭部に手を伸ばしてくる。側頭部の髪の一房の、根本近くを指で挟み、きゅっと引いた。

「いたた、なんで」

暁彦は体をのけぞらせ、引っぱられた頭皮を手で庇《かば》った。すぐに髪をつかんだ指を放し、ペンギンさんは笑いながら座り直した。

「あー、アキさん犯人じゃないですね」

「ええ？」

「坊主頭なんですよ、犯人。報道にはその情報が載らなかったんですね。俺は上の息子が被害に遭った児童と同じ小学校に通ってるんで、保護者会からのメールでそれは知ってました。たぶん、鷺町の保護者の大半は知ってると思いますよ」

暁彦はぽかんと口を開いた。中途半端な情報を元に、乱暴な詮索《せんさく》が行われるこちら側より、橋を渡ってしまった方が、自分にとっては安全だったのか。

食事を終えて、暁彦は咲喜に託された絵はがきと、ギフト包装した子供向けTシャツをペンギンさんに渡した。Tシャツを取り出したペンギンさんは、気合いの入ったオニヤンマの刺繍に目を見張り、こんなの俺が着たいです、と笑ってくれた。

会計を済ませて店を出る。すると、今日一日でずいぶん見慣れたオレンジ色のトンボが数匹、風に乗って目の前を通り過ぎた。

「ウスバキトンボですね。ああもう、だいぶ羽がぼろぼろになってら」

ペンギンさんが呟《つぶや》いた。彼はずいぶん目がいいようだ。

「ウスバキトンボって群れで北上するの、アキさん知ってますか」

「知ってます。無効分散するんでしょう?」

毎年春から夏に世界の熱帯および温帯地域で発生するウスバキトンボは、群れを成して世代交代を繰り返しながら北上する。しかしそもそも種として寒さに弱いため、北上した先に定着することはなく、群れは死滅する。こうした繁殖に寄与しない生息地の移動は、無効分散と呼ばれる。

初めてウスバキトンボの渡りの習性を知った時は、まるで集団自殺でもしているように思えて胸がひんやりしたものだ。ペンギンさんはそうですそれ、と頷いた。

「無駄死にじゃないかって思ってたんですよ、俺も。でも、最近ふと思ったんです。こいつらは、環境が変わるのを期待してるんだなって」

「環境?」

「温暖化が進んで暖かい地域が増えたら、毎年毎年こんな集団自殺みたいな渡りをやっているこいつらの生息地は爆発的に増えます。馬鹿げた無茶をしているわけじゃなく、自分たちの生きやすい世界が来るのを信じて飛んでるんだ。けっこう、したたかですよ。そして、いずれは勝負に勝つだろう」

「ふーん……」

また一匹、薄いレースの羽を震わせてやって来る。暁彦はそれを目で追った。帰ったら、とびきり素敵なレースを探して、コッペくん向けのTシャツの袖に縫いつけよう。

レースは羽だから、いつか、かつての自分のような男の子の元に届き、彼と一緒に飛ぶかもしれない。想像もできないような遠い場所へ。

オレンジ色の華奢なトンボはすらりすらりと滑空し、川の向こうへ姿を消した。

ながれゆく

もうずいぶん長いあいだ、川のそばで暮らしている。

長いあいだ、と胸で繰り返し、浅緋《あさひ》は川面《かわも》に目を落とした。さざ波が一つも見当らない、鏡のように凪《な》いだ幅広の川だ。水の色は黒く、漫然と眺めていると時々鈍い光が底の方でちらつく。川底は見えない。横転した荷車がそのままとぷりと飲み込まれたという昔話があり、底などないのではないか、とも言われている。

向こう岸にはみずみずしい緑の草原が広がっている。一つ、二つ、と草を食《は》む大柄な獣の茶褐色の背を数える。

牛、とまた声には出さずに種名を唱え、浅緋は自分の心がまったく波立たず、穏やかであることを確かめた。向こう岸を見るのをやめて桑の林へ戻る。黒く熟した実は手元のざるへ、蚕が好みそうな柔らかい葉は背負った籠《かご》へ、必要なものを摘んで回る。地面に落ちた実も、食用には向かずとも染色の材料になるので拾っておく。ざるも籠もいっぱいになったところで、工場《こうば》へ帰った。

「おかえり」

パタン、パタン、と連続していた作業音がやみ、足踏み式の織機の前に座って作業をしていた紅蓮《ぐれん》が声をかけてくれた。長い髪を絞り染めのバンダナでまとめ、麻のシャツの袖《そで》をまくった動きやすい恰好《かっこう》をしている。目の力が強く、全身にどことない猛々《たけだけ》しさを漂わせた人だ。そして、老いている。昔は両手ですくいきれないほど豊かで艶《つや》のある髪が自慢だったのに、いつしか彼女の髪は鼠《ねずみ》色にくすみ、量もずいぶん減った。シャツの襟元から覗《のぞ》く首筋は、心もとなさを感じるほど肉が薄い。

織女は本来、年を取らない。老いるのは罪があるからだ。織女たちの多くはすでに紅蓮を遠ざけている。彼女が犯したなんらかの罪、そして彼女が天帝から罰せられているという事実、そのどちらも恐ろしがって。

「ただいま。桑の実がだいぶ落ちていたよ。拾ってきたけど、きりがないや」

「明日、私も掃除をしに行くよ。くぎりのいいところまで織ったら集めた実の洗浄を手伝うから、先に蚕たちに餌をやってくれる？」

「わかった」

浅緋がそれまでと変わらず紅蓮と同じ建物で寝起きし、共に作業をしているのは、彼女に育てられたからだ。物心ついた頃からずっと、紅蓮は勤勉で親切だった。朝から晩までそばにいても、彼女の罪なんてまるで心当たりがない。恐ろしさよりも戸惑いがまさり、離れるタイミングを失った。

再びパタン、パタン、と小気味よい音がする。紅蓮が足元の板を踏むと織機の軸心が回転し、ぴんと張られた千数百本の経糸《たていと》が上下に分かれ、開口部を緯糸《よこいと》を収めた杼《ひ》が通る。続いて、櫛《くし》に似た筬《おさ》という器具が織り目を整え、パタン、と鳴る。かつてはすべての作業を手で行っていたのだという。下界の在りようを鏡のように映して、この世界も変わっていく。その規則正しい動きを見ているうちに、伝えようと思って忘れていたことを思い出した。

「ああ、でもさっき向こう岸に牛が見えたよ。大丈夫？」

足を止め、紅蓮はあからさまに顔をしかめた。彼女は牛をひどく嫌っている。姿を見るだけで、胸がむかむかして吐き気をもよおすらしい。牛たちが草を食みに川べりまで来ているようだから、明日も桑林へ行けば、その姿を見てしまうだろう。

「牛野郎なんか見たくもないね」

「じゃあ、明日も林の掃除は私が行こうか」

「申し訳ない。代わりに朝の床磨きは私がやるよ」

「そんなに嫌わなくたっていいのに。あの人たちの稼業なんだから」

そもそも織女である自分たちが、牛を嫌うなんて許されるんだろうか。ただ、紅蓮のように牛を毛嫌いする織女は時々見られる。紅蓮と同じく、燃えるような深い赤色を名前に得た者に多い。浅緋の呟《つぶや》きに、紅蓮は深く眉間《みけん》にしわを寄せ、首を振った。

背負い籠に集めた桑の葉を刻み、飼育室を訪ねる。蚕たちは孵化《ふか》した直後は黒い毛が生えたゴマ粒みたいな姿なのに、ひと月足らずで人差し指ほどの長さの白くむちりとした芋虫になる。蚕齢ごとに分けた箱を覗き、古い葉を捨て、底に溜《た》まった糞《ふん》の掃除をして、新しい葉をふりかける。すぐにサリサリ、サリサリ、と雨音に似た咀嚼《そしゃく》音が部屋を満たした。

桑林の手入れ、蚕の飼育、繭《まゆ》の採取と保存処理、糸づくりに染色。機《はた》を織る以外にも、織女たちの仕事は多い。

朝方から夜更けまでただ、ただ、働く。そうして出来上がった織物は、供物として川へ流す。それらは下界に届いて五色の雲となり、人々に恩寵《おんちょう》をもたらすのだと聞いている。永遠に生きて、永遠に働く。それは自分たちが罪人だからだ。

浅緋が童子でいる期間を終え、織女として独り立ちした日。古い約束事にしたがって、桑林のさらに奥、羽樹《うじゅ》と呼ばれる木肌が赤い低木のもとへ向かった。枝を一本持ち帰り、初めて完成させた長い襟巻を染める。すると、布の表面にまるで陽炎《かげろう》のごとく、黄金色の託宣が浮かび出た。

――遥《はる》か昔、天《あま》の川《がわ》の東岸には機織りの女がいて、彼女は天帝の娘だった。朝に夕にと熱心に機を織り、美しい神々の衣を作っていたが、自分を顧みず、身なりを整えることもしなかった。独り身であることを天帝が憐《あわ》れみ、川の西岸に暮らす働き者の牛飼いに彼女を嫁がせた。一目で惹《ひ》かれ合った二人は、一日中並んで川を眺めてばかりで、機織りも牛の世話もしなくなった。怒った天帝は二人を再び天の川の両岸へ引き離し、年に一度だけ会うことを許した。

すべての織女はこうして、自分が怠慢の罪でこの地に縫い留められた天女の末裔《まつえい》なのだと理解して大人になる。襟巻は二つに裂かれ、一枚は織女の手元に、もう一枚は西岸へ運ばれ、牛飼いが己の妻になる織女を選ぶ儀式に使われる。羽樹は同じ分量、同じ手順で染めたとしても染め手ごとに赤の濃淡を変える不思議な木で、天意を反映する神木として織女の名づけにも用いられた。自分が託宣を受けたときは、浅い緋色に染まったから、浅緋。紅蓮のときはきっと、目が覚めるほど深く鮮やかな色に染まったのだろう。

罪があり、しかも川の向こうには愛があり、だからここで——動かない、と、動けない、のちょうど中間のような心持ちで暮らしている。

「ひとくぎりついたよ。実を洗おう」

飼育室に紅蓮が顔を出す。わかった、と頷《うなず》き、浅緋は彼女とともに裏の井戸へ向かった。ざるいっぱいに溜めた桑の実のへたをとり、汲《く》み上げた水で汚れを洗い流していく。干した桑の実と、繭をとった後に残る蚕のさなぎを焼いた粉末。その二つを摂取するだけで織女たちは飢えることも病むこともなく、悠久の時を過ごしていける。

父はやはり私たちを愛している、と浅緋は思う。下界の様々な苦しみとは無縁に、ただ機さえ織っていれば、必ず年に一度、愛する人に会わせてくれる。

黒々とした実が輝いている。早く早く、すべての実が枝から落ちてしまえばいい。そうすればまた、あの人に会える。


川の上流からゆっくりと、黄金色の丘が流れてくる。

近づくにつれてそれが、爽《さわ》やかな光を放つ端材の集積だと知れた。

「今年はなんだか多いね」

浅緋は傍らで山を見上げる紅蓮に呼びかけた。紅蓮は草原に広げた敷布へうつ伏せに横たわったまま、肩をすくめる。

「下界ではやりの建築様式が変わったんだろう。一体どんな、目が眩《くら》むような大御殿をこしらえたんだろうね」

端材の山は、大人十人が並んで歩けるくらい幅がある紺色の橋桁《はしげた》に積まれていた。鵲橋《かささぎばし》と呼ばれるこの橋には、川の上流から順に不要になった物品が積み込まれる。

今年も端材だけでなく、根に泥をつけたまま横倒しに積まれた果樹や、奇妙な形の金属部品、見たこともない色形をした生き物の死骸《しがい》など、様々なものが捨てられていた。

下界から召し上げたものの、使いどころが見つからずに捨てられた道具も廃棄されている。足踏み式織機も同じようにこの土地へ伝わった。

川面に覗く橋脚の位置へ流れ着くと橋桁はぴたりとその場に留《とど》まった。まるで初めからそうこしらえたかのように、段差もなく両岸をつなぐ。

岸に集まった織女たちから歓声が上がった。晴着の裾《すそ》を乱し、我先にと橋を駆けていく。雷鼓さながらの雄たけびが西岸で轟《とどろ》く。大気が震える。喜びにつらぬかれ、浅緋の両腕に鳥肌が浮いた。

「行ってきなよ」

笑い交じりに紅蓮がうながす。糸で引かれるように体を引き攣《つ》らせながら、浅緋はでも、とためらった。すでに足の力を失い、手助けがなければ長い距離の歩行が困難になった紅蓮を見返す。

「いいんだ。私の相手は、前の逢瀬《おうせ》で私を恐れ、ののしった。彼は私が死ぬのを待っている」

「そんな、馬鹿な」

「哀れまれる筋合いはないよ。さあ、行きたいなら行って。走って！」

笑い声に背を押され、浅緋は弾《はじ》かれたように駆け出した。今日のために新しく織り上げた着物を翻し、踏み固められた青黒い羽の橋に足をかける。橋に遺棄された品々をよけて、そこら中の物陰で抱擁が行われている。

自分の襟巻を強く握り、行きかう人々に目を凝らした。すると橋の半ばで、同じ赤色を首に巻いた男が走ってくるのを見つけた。

「藍丸《らんまる》！」

「浅緋、会いたかった！」

両腕をお互いの体へ回して固く抱き合う。藍丸は昨年の逢瀬で浅緋が贈った鉄紺色の羽織を着ていた。草と獣の匂いが染みた夫の体の温かさに浅緋は陶然とした。元気そうだ。動作は溌剌《はつらつ》としているし、声も明るい。ひたいから突き出た乳白色の角にもつやがある。浅緋は藍丸の全身から放たれる広々とした気配が好きだ。皮膚に爪を立てるほど強くしがみつき、よろつきながら東岸へもどった。二人並んで川のほとりに腰を下ろす。藍丸が浅緋の背を抱いたり、浅緋が彼を草原に押し倒したり、獣じみたじゃれ合いを楽しんだ。

黒い川が流れている。藍丸に触れていると、浅緋はどんなものでも美しく思えてしまう。普段は胸を塞《ふさ》ぐ罪の象徴でしかない川も、不自由な自分たちの境遇も。指をからませ、それぞれの一年を語る。藍丸は新しい農機具の使い心地を楽しんでいた。彼が世話をする牛も変わりないようだ。西岸の牛飼いは一人につき一頭の牛が与えられ、それぞれに割り当てられた土地を耕す。

「よければ使ってくださいな」

そう言って、藍丸は照れ交じりに白くなめらかな櫛を差し出した。端に穴が空けられ、日向《ひなた》色の組紐《くみひも》が結ばれている。

「え、なにこれ。きれい」

「今年亡くなった牛の骨を分けてもらえたんだ。組紐はね、槐《えんじゅ》で染めてみた」

「ありがとう。嬉《うれ》しいな、見てると心が明るくなる。黄色が好きなの、覚えていてくれたんだ」

「織女はみんな名前に赤が入っているだろう？　そういう色の方が好きなのだと思ってた」

「赤が好きな人もいるよ。でも私は黄色が、なんとなく気が晴れる感じがして好き。藍丸は？」

「俺はね、朝方の空みたいな、白のなかにほんの少し緑や青が混ざったぼやーっとした色が好き。川べりの石で時々そういう色のものがあって、集めてる」

「へえ、なにで染めればそういう色が出るんだろう。来年までに探しておくよ」

好きな相手とそれぞれの世界の見え方を分け合うだけで、驚くほど幸せだった。ひとしきり他愛もない話を重ねた後、浅緋は桑林と工場を行き来する毎日や、同居している紅蓮について、溜まったものを押し流すように口にした。

「仕事はしてる。頑張ってるよ。私たちが手を止めたら堕落する弱い存在だってこと、忘れてない。今年も会わせてもらえて本当に良かった。こうして年に一度あなたに会えるから、私は道を踏み外さず、正しい存在として働ける。ただ……私たちの罪は、いつになったらすすがれるんだろう」

藍丸は黙って川面を眺めている。浅緋は自分の襟巻を外した。布地を膝《ひざ》の上に広げる。すると藍丸も首に巻いたそれを外し、布地の端を浅緋の襟巻の端と重ねた。

黄金色の文字が浮き上がる。

――遥か昔、天の川の東岸には機織りの女がいて、彼女は天帝の娘だった。朝に夕にと熱心に機を織り、美しい神々の衣を作っていたが、自分を顧みず、身なりを整えることもしなかった。独り身であることを天帝が憐れみ、川の西岸に暮らす働き者の牛飼いに彼女を嫁がせた。一目で惹かれ合った二人は、一日中並んで川を眺めてばかりで、機織りも牛の世話もしなくなった。怒った天帝は二人を再び天の川の両岸へ引き離し、年に一度だけ会うことを許した。

薄れることのない無情な文字に、浅緋は息苦しさを感じた。

織女と牛飼いの過去の罪。二人の罪に重なる形で、この岸辺には前世で罪を犯した魂が集められると囁《ささや》かれている。天帝の采配《さいはい》はいつも正しく、罰には当然、理由があるはずだ。前世なんて覚えていないけれど、おそらく自分はなんらかの罪を犯したのだ。ならば贖罪《しょくざい》を終えるその日まで、働き続けるしかない。

「紅蓮が老いていく。藍丸は向こう岸へ帰ってしまう。とても、寂しい」

「俺にはまた来年会える」

「来年には、私が老いているかもしれない。紅蓮の罪がわからないのだから、気づかずに同じことをするかも」

「老いる奴は、牛飼いのなかにもいるよ。みんな、隠れてなんらかの不義や不正を行ったんだって噂している。君はそんな人じゃないだろう」

「紅蓮だって、不義や不正を行う人じゃない。いつも一緒にいるんだ。よく知っている」

盗みを行った者、他人を害した者、仕事を放棄して堕落した者は老いる。姿を崩し、土くれに還《かえ》っていく。せっかく罪を償う機会を与えられたのに、それをないがしろにするなんて。その先で一体どんな目に遭うのか、想像すると浅緋は背筋が冷たくなる。一人死ねば、また一人土から這《は》い出てくる。織女と牛飼いの人数はつりあい続ける。ただ、紅蓮のような説明のつかない老いは珍しかった。

「もしかして、天帝が」

間違えたんだろうか、そう言いかけた口を、厚くざらついたてのひらが塞いだ。

「それ以上は、言ったらだめだ」

藍丸は険しい顔で言い、浅緋の耳に唇を近づけ、弱く抑えた声で続けた。

「虫に聞かれる」

人の体には脳と腹と足、それぞれに巣食う三匹の虫がいて、時に体を這い出し、天帝に宿主の罪を密告する。藍丸が体を離すと、浅緋は急いで両手で己の口を塞いだ。

そして、少し遅れて悲しくなった。顔を歪《ゆが》めた浅緋をなぐさめるよう、藍丸が続けた。

「俺は、来年も君に会いたいと思っている」

「私も……藍丸が私の襟巻を選んでくれてよかったって……思ってるよ」

浅緋が独り立ちした年は、他にも数名の織女が伴侶《はんりょ》を探していた。襟巻の片割れが独り者の牛飼いたちのもとへ運ばれ、牛飼いたちは色を見比べて好みの一枚を選び、その行為を通じて妻を選ぶ。浅緋は、自分が染めた襟巻を首に巻いた彼を見つけた日からずっと、藍丸のことが好きだ。好きになろう、と決めていたから好きになったのかもしれない。うまく好きになれて良かったと思う。それがどれくらい過去のことなのか、もう思い出せないけれど。

月が昇り、傾いていく。日が昇れば橋が流れてしまう。名残惜しさに身もだえしながら、浅緋は鵲橋の半ばまで藍丸を見送った。遠ざかる、同じ色合いの襟巻を呆然《ぼうぜん》と眺める。周囲ではたくさんの牛飼いや織女が泣いている。喜びを追求していいと許されたものが恋しかないのだ。それに固執せざるを得ない。

欄干の足元の暗がりに、血だまりのような鮮やかな赤が広がっている。ぎょっとして目を凝らすと、それは一枚の襟巻だった。織女が死ぬと、襟巻は鵲橋に捨てられる。しかし今年はまだ亡くなった織女はいない。

襟巻を拾う。色に、見覚えがあった。


「せっかちだな。私が会いに行かないものだから、死んだと思ったのかね」

紅蓮は呆《あき》れた顔をして襟巻を受け取った。床に仰《あおむ》向けに横たわったまま、胸の上で襟巻を広げ、端から端まで検分する。牛飼いが織女の襟巻を捨てた。それはよっぽどの異常事態だろうに、紅蓮は平然としている。

これまでに幾度となく目にしてきたにもかかわらず、いまだに浅緋は紅蓮の襟巻を見るとびりびりと体が痺《しび》れるのを感じた。そのくらい深い、周囲を侵食しそうな暗い赤だ。凄《すご》みすら感じる。

「きれい。触ったら指が燃えそう」

思わず言うと、紅蓮は少し笑った。

「なら、これを首に巻く男は、焼かれる心地だったかね」

「ごめん。そういう意味じゃ」

「いや、案外その通りかもしれないよ」

とってくれ、と指で示されるのに従って、浅緋は箪笥《たんす》の引き出しを引いた。風呂敷《ふろしき》に包まれた紅蓮の晴着の一式から対となるもう一枚の襟巻を取り出し、彼女へ渡す。織り上げて、染めて、託宣を受けて、そのあとはすぐに一枚が対岸に運ばれるため、逢瀬の時でもないのに二枚そろった襟巻を眺めているのは奇妙な気分だ。紅蓮もそう思ったのか、二枚を長く眺め、ふとうつ伏せになると、枕元に二枚の襟巻を広げた。横一列に並べ、一枚目の左端と二枚目の右端を隙間なく合わせる。

「もともとこれは、羽衣だったんじゃないかな」

呟きの意味が分からず、反応をできずにいると、まるで布地の奥からにじみ出すように紅蓮の襟巻に黄金色の文字が並んだ。

またあれか、と浅緋は胸が濁るのを感じた。祖先が犯した怠慢の罪なんて、そう何度も突きつけられたいものではない。倦《う》んだ心地で斜め読みしようとして、しかし、息をのんだ。

――あるところに働き者の牛飼いの青年がいた。彼は貧しく、一人で暮らしていた。ある日、彼が大切に世話をしていた牛がしゃべり出した。泉で七人の天女が水浴びをしていから、羽衣を一枚隠してしまいなさい。青年は牛の言う通りに天女の羽衣を一枚隠した。彼の姿を見つけ、慌てた天女たちは次々に羽衣をまとい、鳥に姿を変えて飛び去った。しかし羽衣を隠された天女は飛ぶことができず、青年の妻になった。天女は機織りにすぐれ、青年に富をもたらした。夫婦は幸せに暮らし、二人の子供に恵まれたが、ある日天女は隠されていた羽衣を見つけ、天へと帰ってしまう。青年は死んだ牛の皮で作った着物を着て、天女を追って天界へ向かった。娘が下界の人間と結婚していたことを知った天女の母親は怒り、金のかんざしを抜いて二人の間に線を引き、それが天の川となった。悲嘆にくれる彼らを見かねて鵲が橋を作り、年に一度だけ会うことになった。

「なに、これは」

声に力が入らない。顔を向けると、紅蓮はじっと浅緋の目を覗いていた。

「やっぱり、浅緋が見たものとは違うんだね？」

「全然違うよ！　え、なんなの」

「託宣は、きっとそれぞれが別のものを受け取っているんだ。大まかな傾向がいくつかあって、さらに傾向が同じでも、細部が違う場合もある」

「……どうして、別のものを？　私たちの罪は一つじゃないの？」

紅蓮は短く考え、浅緋に自身が受けた託宣を語るよううながした。

「えっ」

浅緋はひどく戸惑った。託宣とはすなわちこの岸辺に暮らす集団の罪であり、恥だ。それをわざわざ語るなんて、奇妙で居心地の悪い感じがする。

「えっと……」

口に動かしづらさを感じつつ、浅緋は大まかな筋を話した。川の両岸に住まう織女と牛飼い。天帝の許しを得て嫁ぎ、そして怠慢を理由に引き離されたこと。

「少なくとも、羽衣を奪ってどうこうだなんて、そんな暴力的な流れではなかったよ。こんな……こんなひどいことをされて、牛飼いを好きになるわけ、ないじゃないか」

紅蓮は口元に手を当て、間をおいて慎重に切り出した。

「浅緋が受けた託宣は……かなり昔から、一定数の織女が受け続けてきたものだと思う。怠慢って言葉を苦しそうに口にする織女に、幾度か会った覚えがある。ただ、改めて全体像を聞くと私は結構その託宣も……なんというか、ずいぶん支配的だなって思うよ。仕事に精を出して身なりを整えなかったら嫁がされるって、なんだろう。織女と牛飼いは、働くことも、恋をすることも、なにひとつ自分たちで決める力を持っていない」

「そう言われれば……そうかもしれないけど……」

浅緋は喉《のど》の奥でうなった。それでもずっと、そういうものだと思ってきた。善し悪しを考える発想などなかった。

「じゃあ、どちらかの託宣が嘘なの？」

「……どうだろう？　どちらもこんなにいびつなのに、堂々と伝えられている。それほど単純な話だとは思えないけれど」

「よくわからない」

「うーん……」

お互いにうなりつつ、黙ってしまう。やがて紅蓮がぽつりと言った。

「暴力的だったり、支配的だったり、結局どちらの託宣も不完全なんだ。瑕疵《かし》がある。これでは二人の間に愛情は生まれないって、漠然と分かる。だから、新しいものが作られる」

「新しいもの？」

「臙脂《えんじ》や黒紅《くろべに》が昔、気になることを言っていた。牛に羽衣を食われなければ、とか、かんざしでもう一つ川を引いてやればよかった、とか。当時は言い間違いだろうとしか思わなかったけど、きっとあれは彼女らの託宣の細部が、私の受けたものとは違っていたってことなんだ。変化している。おそらくは、より通りのいい男女の関係性を模索して」

「天帝が、託宣を作り変えている？　なんのために」

「ええ？　違うよ。新しいものは、いつだって下界からやってくるじゃないか」

言い切られた内容を受け止めきれず、浅緋はまばたきをした。紅蓮は張りのある声で続ける。

「託宣を紡いでいるのは天帝じゃない、下界の人間だよ。そして、こんなに不完全な筋立てばかり届けてくるんだ。足踏み式織機よりずっと便利な機械を生み出しているくせに、下界では二人の人間が出会い、お互いを損ねずに愛し合い、幸福に生きて死ぬってことに対する明快な筋立てが、まだ完成していないんだ。私たちは不完全な託宣に呪われている。……そこまで思って、そんなものに付き合うのがいやになってね。去年の逢瀬のとき、橋の上で私の相手に言ったんだ。二人で、ここから逃げないかって」

ざざざざ、となにかが蠢《うごめ》くのを感じ、浅緋はたまらず両手で腹を押さえた。虫だ。身を震わせて、緊張している。もしくは興奮している。罪を聞きとめ、喜んでいる。

「紅蓮、言っちゃだめだ。大変なことだよ」

「私の相手も同じことを言ったよ。かわいそうに、ひどく怯《おび》えていた。私は諦《あきら》めてこちらの岸に戻った。その瞬間、音も痛みもない雷に打たれた。――天帝はいるんだ。私たちの想像とは違う形ではあるけれど、なんらかの理由でこの、川を挟んで男女が思い合う、という構造を庇護《ひご》している。なぜだろう。下界の人間たちがそれを望んでいるのかな？　だから彼の土地でその約束事をないがしろにすれば、罰を食らう」

「なんでそんな恐ろしいことを私に言うの……」

「浅緋、私ね……逃げないかって、自分の相手に言おうって決めたとき、胸がどきどきした。結果は残念だったけれど、それでも言ってよかったって思う。先が見えない、私と彼で決めるんだっていう状況そのものに興奮した。不完全な託宣をただ受け取るんじゃなくて、自分が神話を作っている気分になった」

「私をそそのかすつもり？」

睨《にら》みつけると、紅蓮はどこか得意げに笑った。

「託宣になった？」

少なくとも、先の二つよりはましでしょう。

誇るように言って、彼女は鮮やかな襟巻をひらりひらりと枕元へ投げ出した。

冬のある日に紅蓮は死んだ。起こしに向かったら、寝床に土が散らばっていた。次はこんな不自由な場所でなく、もっと広々とした明るい場所に生まれるといい。そう願いながら、浅緋は床から集めた土を風が良く通る丘の上に撒《ま》いた。

紅蓮が亡くなった翌日、ふっくらと肉づきのいい赤ん坊が桑林から這い出してきた。

赤ん坊は織女の長《おさ》が引き取り、桑の実の汁を与えられて大きくなる。十日で立ち上がり、ひと月で言葉を発した。春先には他の織女と変わらない背丈になり、機織りを始めた。羽樹で染色を行った後、その織女は桃《もも》、と名付けられた。

「ねえ、襟巻に浮かんだお話を教えてくれる？」

二人で桑の実を摘んでいる最中にそっと聞いた。すると桃は薄い唇を突き出して困った顔をした。

「私たちの恥ずかしいことだから、言ったらだめなんだよ」

「だめじゃないよ。それに、恥ずかしいことでもない。昔の話で、罪を犯したのは今の私たちとは違う人たち。そこを混ぜたらだめ。むしろ罪の話はとてもややこしいから、これからどう付き合っていくのがいいのか、本当は色々な人と話して、考えた方がいいんだ」

「むずかしい……」

「いつか分かるよ。時間はたくさんある」

もう一度うながすと、桃は迷い迷い、口を開いた。

――遥か昔、働き者の牛飼いの男神と、美しい機織りの女神は愛し合っていた。しかし天帝は彼らの婚姻を認めなかった。機織りの女神は天帝の娘で、身分違いの恋だった。男神は下界に追放され、貧しい人間の牛飼いとして暮らした。ある日世話をしていた牛が、泉で七人の天女が水浴びをしているから松の木の枝にかかっている羽衣を隠してしまいなさい、とうながした。青年は牛の言う通りに天女の羽衣を隠した。彼の姿を見つけ、慌てた天女たちは次々に羽衣をまとって飛び去った。しかし一人残された天女は、青年がかつて自分が愛した男神の化身であることに気づき、彼の胸へ飛び込んだ。二人は幸せに暮らしたが、天帝はそれを許さなかった。軍勢が下界から天女を連れ戻し、追いすがる青年と天女の間に天の川を引いた。両岸で悲嘆にくれる彼らを哀れに思い、天帝は年に一度だけ彼らの逢瀬を許した。

「だからね、だめって言われたことを内緒でやっちゃだめなんだよ！　でも天帝は慈悲深いから、お願いを少しだけ叶《かな》えてくれたの」

桃は興奮気味に鼻をひくつかせながら言った。

浅緋はひどく混乱した。

羽衣を盗ませる卑怯《ひきょう》な牛が、愛の仲人《なこうど》になった。恋を労働の鎖にしていた天帝が、情にほだされる親になった。筋立てが内包していた支配や暴力が薄められ、漂白された。それは——きっと、いいことなのだろう。紅蓮のように、牛を憎んで過ごす織女はきっとこの先、生まれない。自分や藍丸のように、絶え間なく働かなければ罪悪感にかられるような、不自由な精神を持つこともない。ただ——そこにあった支配と暴力を、まるで初めからなかったみたいに、忘れてしまっていいものなのだろうか。それはまた、別のひずみを生むことにならないか。

わからない。完全な託宣なんて、想像もつかない。男女について、親子について、労働について、恋について、隅々まで日が当たり、風の通った地平を見たことがない。まだそれを知らない自分を、浅緋は歯がゆく感じた。

「……教えてくれて、ありがとう」

桃の頰を撫《な》で、温かな体を抱きしめた。

桑の実を干して保存食にした。蚕の育て方と糸の取り方を教えた。紅蓮が使っていた足踏み式織機の動作を説明した。藍丸にもらった櫛で、桃のまだ細い髪を梳《す》いてやった。どんな人が私の襟巻を選んでくれるんだろう、と桃は声を弾ませる。

浅緋はふと、手をとめた。——襟巻を選ぶという儀式は、牛飼いが泉のそばに置かれた複数の羽衣から一枚を選んで隠したことにどこか通じる。自分も藍丸も、そう望んでいなくとも不完全な託宣に搦《から》めとられている。そして桃も、そうなるだろう。

呪いは続く。わかっているのに、ほどいてやれない。

落ちた桑の実の始末を繰り返すうちに、再び逢瀬の日がやってきた。

薄曇りの空の下、天界の不要なものを積んだ、紺色の橋が流れてくる。今年はやけに道具が多い。平べったくて端々が光る、箱形の物体がたくさん積まれている。両端に輪がついた小さな布がやたらと多いのは、下界のはやりなのだろうか。

踏み固められた青黒い羽の上を歩き、橋の中央で同じ色の襟巻をつけた青年と落ち合った。

「藍丸」

「一年ぶり」

両腕を藍丸の体に回して抱き寄せる。温かくて嬉しい。いい香りがして、欠けたものが満たされた気分になる。好きな相手の体に触れることは本当に素敵だ。しばらく腕に力をこめたままでいたら、藍丸に顔を覗かれた。

「なにかあった？」

「ん、なんで」

「いや、元気がなさそうだから」

いい夫だな、としみじみ思う。年に一度しか会えなくても、やはり自分たちにはつながりが生まれている。藍丸を好きだから、この不自由な土地でも暮らしていける。暮らしていくしかない。

——本当だろうか。

抱擁をほどき、浅緋は鵲たちの体温を伝える欄干に肘《ひじ》を預けた。広々とした黒い川は、今日も恐ろしいほど静かに流れていく。かんざしで、大地を裂いて作られた川。

「一緒に」

舐《な》めかけの飴《あめ》をうっかり落としてしまったときのように、唇から言葉がこぼれでた。

「このまま、橋に乗って、行けるところまで、行きませんか」

藍丸が目を見開く。浅緋は続けた。

「誰かに許されたからじゃない、私たちはただ一緒にいたいからいるんだって、新しい約束事を、この橋の上に作ってみたい」

罪を口にした途端、浅緋の全身に悪寒が走った。皮膚の下を細長いものが蠢き、うなじからずるりと抜けていく。真っ青になった藍丸の手が素早く伸び、しかしなにもつかめずに宙を握った。

一線を越えた。父の愛を失った。もう岸には戻れない。戻れば必ず、雷に打たれる。押し潰《つぶ》されそうな恐怖に襲われ、浅緋はその場にうずくまった。

「――――」

なにかを言いかけ、すぐに藍丸は自分の口を手で塞いだ。さっと踵《きびす》を返し、元いた西岸へ走り去る。

だめだったか、と浅緋は遠ざかる背中を見つめた。胸がごっそりとえぐり取られたように痛み、悲しみで体が冷える。

これで一人だ。でももう行くしかない。恐ろしい罪に彼を巻き込まずに済んだと思えば、気楽じゃないか。そう念じて、欄干の足元に座り込んだまま、行きかう男女の足をぼんやりと眺めた。泣いている声、笑っている声、はしゃいだ声、神妙な声。今年の作物の具合がこうで、蚕を育てるのに新しくこういう道具が欲しいんだけど作れないだろうか、一年分の日記を交換しよう、朝の光が差すたびにあなたを思っているよ。たった一年前は、自分と藍丸も同じような、甘く無害な言葉を交わしていたのに。それこそ川で隔てられた遠い世界の会話のように感じられる。

賑《にぎ》やかな祝祭の日が過ぎていく。空の色が深まり、日が落ちる。

隣に、身を投げ出すように誰かが座った。

息を切らしている。

「待たせた」

全身に汗をにじませた藍丸は大量の荷物を手にしていた。丸くふくらんだ風呂敷、様々な道具や食品を詰めた背負い籠。寝具まで小脇に抱えている。

「藍……」

来てくれるつもりだったのか、と礼を言うよりも先に、彼は勢いよく腰を浮かした。

「あ、しまった！　そうだ牛だ、牛を連れてこないと」

再び駆け出そうとする藍丸の手を、浅緋はとっさにつかんで止めた。

「牛はいやだ」

体の内側が強い赤色で塗りつぶされる。

自分でも抑えきれないほどの憤りと嫌悪が噴き出した。

「羽樹の取り扱いには気をつけた方がいいと思う」

亡くなる少し前に、紅蓮は言った。両足が崩れた後も、まだ彼女は天井を見上げて考えていた。

「羽樹の?」

意味が分からずに聞くと、紅蓮はうん、と頷いた。

「浅緋は、私の襟巻が好きだろう?」

「うん」

「私もそうなんだよ。色が濃いほど、なにか……心の深い部分がざわざわする。衝動みたいなものが噴き出してくる。それはきっと、羽樹の赤色が私たちにとって重要で、深刻なものだからなんだ。ただ、私の襟巻を、私の相手は恐れていた。私が受けた託宣自体を、責められている気分になると嫌っていた。羽樹へのこだわりをなくすことはできない。でも、それをそのまま相手にぶつけても、うまくいかない気がする」

「紅蓮って、もしかして相手の人に未練があるの？」

生きているうちに襟巻を捨てるなんて、まったく信頼のできないひどい相手だと思うけれど。不思議に思って問いかけると、紅蓮はあっけにとられた様子で目を丸くした。

「はあ？　ないよ」

「いや、だって……ずっとあれこれ考えてるから」

「考えているのは──……そうだね、自分のためだ」

「自分のため」

「またこの岸辺に生まれてくるかもしれないだろう？　次はしくじらずに、この不自由さから逃げ出せるように。今からずっと、考えている」

紅蓮は土になった。けれど彼女の強い魂は、いつかこの地を離れるだろう。そんな確信が浅緋に残った。

桃の託宣を聞いた後、浅緋は人目を忍んで桑林の奥へ入り、羽樹を訪ねた。久方ぶりに目にする神木は、心なしか木肌の色が薄くなった気がする。それでも羽樹を見ていると、心にさざ波が立った。

凄みのある、美しい木だ。なにかを強く訴えかけてくる。ねじくれながら二股《ふたまた》に分かれた黒に近い朱色の幹が、手指のごとく空へ向かって枝を伸ばしている。幹は両手を使ってもつかみきれないくらい太いが、樹高は浅緋の背丈とほとんど変わらない。丸くつややかな琥珀《こはく》色の葉をいっぱいに茂らせている。

独特な樹形の神木。神秘の木だからこういう形をしている。そんな風にこれまでは思っていた。

――幹の太さに比べて、背が低すぎやしないか。栄養が、充分に吸い上げられていないような。

よく目を凝らすと、羽樹の周囲の土の色が違う。うっすらと酸っぱい臭いを漂わせる砂のようなものが土に混ぜ込まれている。

浅緋は持参した鋤《すき》を羽樹の傍らに突き立てた。足で刃を踏み、深く掘り起こす。確信があった。この下に、なにかがいる。

汗みずくになりながら、木の真下を覗くように穴を掘り進めた。いやな臭いがする砂粒は、いくら掘っても湧いて出た。木の根を避け、ひたすら下へ。次第に土が湿り気を増して重くなる。

腰の深さまで掘って、ふいに鋤の先の抵抗が消えた。空洞に行き当たった、と思う間もなく、穴の底から液体があふれた。新鮮な血の臭いがする。指を浸すと、赤黒い。

ああ、痛い。自分の傷口に指をねじ込んでいる気分だ。口中に溜まった唾《つば》を飲み下し、浅緋は血が噴き出す穴の裂け目へ、そろえた指を差し込んだ。

なにかに触れた。ざらつく。柔らかい。肉の弾力がある。方向のそろった細かな毛がいくつも生えていて、これは。

「……羽毛？」

背後から、声がかかった。

「なにをしているの」

振り返ると、朱殷《しゅあん》が立っていた。梅の花のように可憐《かれん》で、磨いた真珠のような爽やかさをまとう彼女は、織女たちの長だ。今を生きている織女のなかで、最も古い時代を知っている。

「紅蓮になにか吹き込まれた？　あの子は本当に困った子だね」

朱殷の声に責める色合いはまるでなく、むしろ手のかかる子供をたしなめるような温かい響きがあった。

「朱殷、ここにはなにが埋まっているの」

「大きな女鳥が」

「女鳥……」

「羽衣を脱ぐと人になり、着れば再び鳥の姿になって飛び去る、そういう生き物が」

「……あなたはどんな託宣を受けたの？」

朱殷はたおやかに唇をほころばせた。

――女鳥の多い地域があった。ある男が水場で羽衣を奪って女鳥を妻とした。二人は二児をもうけた。しかし子供らが隠されていた羽衣を見つけ、再び鳥に姿を転じた女は子供らを抱えて飛び去った。

滔々《とうとう》と告げられた内容に、浅緋は呆然とした。これのどこが愛の話だろう。川はどこに行ったんだ。浅緋の驚きを見越したように、朱殷は柔らかく頷いた。

「男が女を得た、という形式だけが意味を持つ時代があったのね。私の受けた託宣と、牛飼いに嫁いで機織りをしなくなり、罰を受けた天女の託宣が絡み合って、この土地ができた。下界の人々が男女の愛の成就を願う、その祈りの受け皿となる土地」

「……機織りをしなくなった天女だけでなく、牛の世話をしなくなった牛飼いも罰せられたんじゃないの？」

「ああ、今はそうなっているんだ。いいじゃない」

朱殷は嬉しそうに微笑んだ。

「新しい託宣が届くのに合わせて、古い託宣を薄めたかったの。過去の痛みをいつまでも引き継いでいても、仕方がないでしょう。今の織女と牛飼いは、過去の織女や牛飼いとは無関係に生まれてくるのだから、立場をならして未来志向で、自由に恋をさせたかった。……古い血まみれの託宣を受けた私は、自分の相手を愛せなかった。指の一本も触れられたくないのに、これが愛の関係だと思い込まなければならなかった。それはとても、辛《つら》いことだったから」

まるで託宣の変遷を自分のことのように喜ぶ朱殷の挙動に違和感を覚え、浅緋は足元の穴に目をやった。この瞬間もとくりとくりと血をあふれさせる、その裂け目。

「……羽樹が女鳥の血を吸い上げないよう細工をしたの？」

「羽衣はいずれ真っ白になる。苦しみの赤が一滴も混ざらない、新しい託宣がやってくる」

「羽衣の色が薄れたって、託宣が織女にとって不自由なものであることは変わっていない。都合のいい言い訳が加わっただけ」

「昔に比べれば、ずっと良くなった」

「女鳥の血も、とまっていない。この瞬間にもあふれている」

「昔に比べれば、ずっと少なくなった」

「血が涸《か》れるまで放置されるんじゃなくて、手当てをされたい」

「――誰に？」

柔らかく問う朱殷の目には深い諦めと悲しみがあった。浅緋は首を左右に振って続けた。

「自分の仕事や風貌《ふうぼう》を誰にも罰されたくない。衣を奪われたくない。自分を狩りの獲物だとみなす者を、愛さない。——損ねることも、損ねられることもなく、二人が望んでそばにいて幸せに過ごす。そういう境地を、生きてみたいよ」

朱殷は幾度かまばたきをした。五秒言葉を止め、やがてふうと鼻から息を抜いた。

「……じゃあ、やってみるといい。もちろん止めない。私はすべての織女を愛している。みんな大切な、私の娘よ」

「ありがとう。あなたが、あなたの思う最善を尽くしてくれていたことは疑ってない」

「血の気の多い娘たち。きっとエネルギーが溜まったのね」

時間をかけてじくじくと血の染み出す穴を埋め直した。朱殷もてのひらで土をすくって手伝ってくれた。

作業を終えて、全身を女鳥の血で汚した浅緋の体に朱殷は柔らかく腕を回した。浅緋も彼女を抱き返した。強く、自分の体に結い留めるように強く。

鵲橋の上で、藍丸の口から牛という単語を聞いた瞬間、浅緋の体に染みた女鳥の血がざわめき、痛んだ。もう一つの託宣を聞くまでは、様々なことを知るまでは、牛をいやがる紅蓮のことを心が狭い、神経質だ、と内心であなどっていたのに。朱殷の言う通りだ。知ったら、受け入れられない。

「牛は絶対にだめ」

声の強さに驚いた様子で、藍丸は浅緋を振り返った。

「でも、俺たちにとって牛はとても大切なものなんだ。知恵を貸し、力を分け、富を生んでくれる。牛がいれば、俺はとても強くなれる。角を通じて、彼らとつながっている」

藍丸の目には牛に対する真っ直ぐな信頼が浮かんでいる。得意げに額の角を——幼少の頃から懸命に育て、牛飼いという集団内の序列を決める目安になっているという角を、見せてくる。

「牛が牛飼いに知恵を貸し、力を分け、富を生む存在であることは知っている。牛飼いが牛を愛していることも、牛が牛飼いを愛していることも。でも牛は、牛飼いのために平気で織女をないがしろにする。息をするように織女を潰し、牛飼いの資源にする」

「そんなことしない」

「したんだ」

浅緋は自分たちが受けたものとは違う、もう一つの託宣について語った。それらの筋立ての中で牛が果たす役割を。藍丸は受け入れがたいとばかりに顔をしかめた。

「でもそれは、あくまで古い神話だ。俺と、俺の牛の話じゃない」

「そう、古い神話。ただし現在まで絡みついている。私たちの暮らしのあちこちを古い約束事が縛っている。――どうしていつも必ず牛飼いが織女の襟巻を選び、織女は自分の相手を選べないの？　この土地の牛飼いはなぜ額に角を生やすほど牛をあがめるようになったの？　罪を肩代わりさせたからじゃないの？」

「君は、俺に選ばれて嫌だったのか？」

「そんな話はしていない」

「浅緋は西岸の歴史をないがしろにしている。目の前の俺のことも見ていない」

咎《とが》められ、浅緋は意識して開いた目を藍丸へ向けた。

「見てるよ。これまでで一番、あなたのことを見ている。見て、私たちが生んだわけじゃない罪や憎しみを体からほどいて、ここに置いていく方法を一生懸命考えてる。……牛は連れて行けない。それを分かってほしい」

「牛を手放せば、俺は弱くなる。夫婦の力が弱まるぞ」

「牛に奪われたものを取り戻して、代わりに私の力が強くなる。命が二つあり、協力するっていう状況は同じ。力の総量は変わらない」

苦々しい表情を浮かべ、藍丸はその場にどかりと腰を下ろした。浅緋も座り、青黒い欄干に背を預けて漆黒の宇宙を見上げる。

朝がやってくる。周囲の男女が涙交じりに別れを告げ始めた。愁嘆場もそう珍しくないため、橋の上で口論をしていても誰にも気にされなかったけれど、空の端が白み始めてなお二人並んで座っていたら、さすがに声をかけられた。

「もう戻った方がいいよ」

「なに考えてるんだ、橋が出るぞ」

顔見知りから、次々に忠告された。浅緋、藍丸、と名を呼ぶ声も多い。

「心配してくれてありがとう。私たち、川の終わりまで行ってみる」

浅緋が丁寧に告げると、どよめきが広がった。

「この橋は不要なものが積まれる場所だ。どこにも行けやしない。乗って行ったって暗闇に投げ捨てられるだけだ」

「藍丸、思い詰めすぎだろ。俺の鶏を貸してやるから、明日気晴らしに闘鶏しようぜ」

親しげな呼びかけに、ずっと黙り込んでいた藍丸が口を開いた。

「……行くよ。決めた」

へえ、と友人の牛飼いは肩をすくめ、いい嫌がらせを思いついたとばかりに口角を上げる。

「じゃあお前の牛、俺がもらっていいな？」

藍丸の顔がはっきりと強《こわ》ばった。三秒を置いて、深く息を吸う。

「好きにしろよ。……よく気をつかってやってくれ」

友人は軽薄な笑みを掻《か》き消し、お前変だよ、と居心地悪そうに立ち去った。藍丸はそれ以上は誰にも声をかけられたくないとばかりに、立てた両膝に額を当ててうつむいた。

東の空に朝日が差した。橋が動き出す。悲鳴を上げて、他の男女はそれぞれの岸へ戻った。

「浅緋！」

東岸から呼ぶ声がした。振り向くと、桃が立っていた。みずみずしい墨色の目をこぼさんばかりに見開いて、じっとこちらを見ている。浅緋は大きく手を振った。まるで黒い氷の上をすべるように、音もなく鵲橋は流れていく。織女と牛飼いが住む岸は、あっというまに見えなくなった。

「朝焼けを一緒に見るのは初めてだね」

空の端から、爽やかな杏《あんず》色が広がっていく。まばらな雲はその影を深め、光を受けた側面のみを鮮やかな薔薇《ばら》色に輝かせた。明るい色、暗い色、無数の色彩が塗りたくられた獰猛《どうもう》な空に思わず見とれる。景色を自分のものだと感じたのは初めてだった。眩《まぶ》しすぎて目尻《めじり》から涙が押し出された。藍丸も顔を上げ、動かなくなった。

急に体の力が抜けて、浅緋は橋へ寝転がった。少し遅れて藍丸も、その場にごろりと横たわる。浅緋の頬に、藍丸のこめかみの髪が触れた。

織女と牛飼いの岸は、天の国の外れに位置している。いわば罪人の流刑地だ。この先に国はない、と浅緋も藍丸も教えられ、そう信じていた。

しかし時々、なにもない岸辺に鵲橋がとまることがあった。すると薄い影のようなものが次々に現れ、荷物をどさりと橋に投げ捨てていく。そうした影の岸にとまったときは、二人はすでに捨てられた物品の陰に隠れてやり過ごした。二人に影の正体が見えないように、影たちも二人がよく見えないようだった。

「……なんだろう」

「さあ」

どうやら天に住む人の国の先に、別の生き物たちの国があるようだ。しかしまるで濁った水の膜でも張られているように、お互いがうまく認識できない。

彼らが捨てたものは、なんらかの約束事から外されるのか、よく見えた。黒ずんだ木々、錆《さ》びた金属の針、やけに大きな臼歯《きゅうし》。拳大《こぶしだい》の金剛石が詰まった麻袋が、まるで別の作業で発生した不純物のように無造作に捨てられることもあった。

影たちの岸をいくつか通過した日。見上げるほど巨大な影によって、二人の背丈よりも大きな籐《とう》籠が運び込まれた。橋が動き出した際に横倒しになり、中身をざらりとぶちまける。

乾燥した生き物の死体だ、と浅緋はまず思った。いくつかの獣が混ざり合ったようなもの、獣の頭に人の手足をつけたようなもの、なにかになろうとしてなりきらなかった狭間《はざま》の生き物の集積にも見える。気味が悪い、と眉をひそめる。しかし藍丸の反応は違った。

「虫だ」

「虫？　これが？」

「密告を終えて宿主を殺した後は、鬼になって遊びまわるらしい。その成れの果てか」

つまりここは鬼の国の岸辺なのか。そう思えば恐ろしい気もするが、川の両岸はそれまでの景色と変わらず美しいものだ。青々と茂った草の海に気の強そうな夏の花が一種、二種と群生し、ぼろぼろと鮮やかな色をこぼしている。川の周囲は薄く日が差しているが、遠い地平線の間際には薄墨色の雲が広がり、雨の帳《とばり》を垂らしていた。

なにも知らなかった、と浅緋は思う。川の先も、虫の姿も。世界はこんな風になっている、と意識すらせず刷り込まれていた像から少しずつずれる。てっきりあの岸辺を離れたら、すぐさま無限の暗闇へ真っ逆さまに落とされるのだと思っていた。だけどこの知見を、岸辺へ持ち帰ることは叶わない。

虫の一体がわななないた。藍丸は面白そうにそれをつかみ、がくがくと上下に揺さぶった。

「ずっと疑問だったんだ。こいつが天帝に、一体なにを密告しているのか。……なにが罪かなんて、俺たちでさえ分からなくなるのに。どうしてこんなちんけな虫が判別できるんだ？」

「げえ、やめなよ」

嬰児《えいじ》に似た形の、だからこそ余計に禍々《まがまが》しいその虫は、ぐ、ぐ、と幾度か体を痙攣《けいれん》させたのち、思いがけず流暢《りゅうちょう》にしゃべり出した。

「じょうしにいんかんをていしゅつするときはななめよんじゅうごどにかたむけておしましょうおじぎをしているようにみえてそんけいのきもちがつたわりますとっくりのそそぎぐちからおさけをついではいけませんあしをふまれたらこちらこそごめんなさいとじぶんからあやまりましょうあたたかいこころがつたわりいさかいがおきません」

一息でそこまで言って、糸が切れたように虚脱する。

だめだ、ぜんぜんわからん。つまらなそうに言って、藍丸は虫の体を投げ捨てた。

眠りたいときに寝て、起きたいときに起きた。浅緋は藍丸の寝る姿を初めて見た。

それまでは牛飼いで男だ、とそればかり感じていた彼が、頭と四肢と角を持つ、なぜそれらを持って生まれたのか、自分でも困惑しながら動いている名前のつかない生き物に見える瞬間が増えた。浅緋が起きたとき、藍丸がじいっと顔を覗き込んでいることもあった。

「積み込まれたもので縄をなって、適当な岸に結んでみようか」

木々の多い地域を通る際、藍丸がそんなことを言った。浅緋はううんと喉の奥でうなった。

「この橋は生きている。下界から召集された鵲たちの集まりだ。きっとこの日からこの日まで、と約束事があって、天帝に遣わされているのだと思う」

「じゃあ、仮に結い留めても期日が来たら飛び去ってしまうか。——代わりのいかだでも作ってみるか？」

「流され始めて、藍丸はなにかが水面に浮いているのを見たことがある？」

「ないな、木の葉一枚ない。不気味な川だ」

「裂け目なんだよ、きっと。ある一方向に力が流れているだけの裂け目。天帝の領土じゃない。だから雷が落ちない」

「岸に上がれば雷に打たれる。橋に残ればいずれほどける。代わるものを浮かべることもできない。潔く、覚悟するしかないか」

「覚悟は……そうだね、必要だと思う」

ただ、と浅緋は言葉を足した。

「私たちはまだ、川の終わりを見たわけじゃない。この世界のすべてを知ったわけじゃない。墜落するその瞬間に、あがく余地が見つかるかもしれない。だから、よく目を開いておかないと」

「浅緋は強いな」

「藍丸は、怖い？」

「うーん」

藍丸は口をつぐんだ。木々に狭められた空には、こちらに転がり落ちてきそうなほど大きな黄金色の月が見える。

「怖い」

「うん」

「消えることも、この瞬間、託宣に背いて罪を犯していることも怖いよ。体がつぶれそうだ」

「藍丸、ぎゅうしよう。ぎゅう」

すでに寝転がるのが難しいほど荷が積まれた橋の上で強く抱き合う。浅緋の首元に頰を預け、藍丸は静かな声で続けた。

「それでも俺は、心のどこかでずっとあの場所を離れたかった。離れたくても、離れ方が分からなかった。誘ってもらえて、嬉しかった」

「ありがとう」

「すごく綺麗《きれい》だなあ、月」

「うん」

「最後まで、しっかりやろう」

見とれたまま、月の真横を通過する。藍丸の体が細かく震えている。喉の奥からうめきが上る。巨大な恐れをねじ伏せ、頼っていたものを手放して自分の傍らに座った藍丸を、浅緋は美しいと思った。月明かりを受けた彼のまぶたが淡い銀色に染まっている。まばたきのたび、蝶《ちょう》のように光がまたたく。たった今、暗闇に投げ落とされたとしても魂に残り続ける恋の光だ。

「次にどんな不自由な世界に生まれても、またあなたと出会いたい」

目を見開いた藍丸は苦しげに眉をひそめたまま、わずかに笑って頷いた。


数日後、藍丸の体に異変が生じた。

「うずいて、かゆい。奥の方が痛い」

そうぼやいて、角の根本を掻きむしる。次第に彼の体は熱を持ち、起き上がることに辛さを訴えるようになった。

これもなにかの罰だろうか。まさか、天帝の力が鵲橋まで届いたのか。自分の楽観を呪いながら、浅緋は橋に捨てられたものの中で、彼の体を冷やせるものを探した。大きな葉、奇妙な形の果物、なめらかな布地。一番気持ちがいい、と藍丸が笑ったのは金剛石だった。日差しを受けて輝くそれを順々に角の根本に当て、熱を吸い取る。

「動かなくなっても、俺はここにいるから。一緒に行くから」

「うん」

「泣くなよ。大好きだよ。なにも後悔していないよ」

ぎこちなく上半身を浮かせた藍丸が、浅緋の頬を指でぬぐった瞬間。

額の角が外れ、ぼたりと膝に落ちた。

角が生えていた箇所のくぼみから鮮やかな血が噴き出し、藍丸の顔と衣服をしとどに濡《ぬ》らす。浅緋は悲鳴を上げ、手近な布——自分の首に巻いていた襟巻で額の傷口を押さえた。

「藍丸！　藍丸！」

「いってぇ……や、大丈夫」

「大丈夫じゃないでしょう！」

「本当に。なんだろう、痛くなくなった。すっきりした」

十数えて浅緋が襟巻を外すと、たしかに出血は止まっていた。顔まわりの血を手の甲でぬぐい、藍丸は抜け落ちた角を興味深そうに眺めている。

血の染みた藍丸の襟巻が、ふいに輪郭をぼやかした。血の落ちた箇所から両端へ、みるみるにじみが広がり、全体が真紅に染まる。自分の目にも血の飛沫《しぶき》が入ったのだろうかと、浅緋は手の甲で目をこすった。しかし幾度まばたきをしても奇妙な幻は消えない。それどころか、自分が持っている襟巻も同様に輪郭がぶれ、赤く染まり出しているのに気付いた。

襟巻をつかむ指が、ふかりとした真紅の羽に埋まる。にじんでいるように見えたそれは、生地が羽毛に変化していた。浅緋は呆然とまばたきをし、急いで橋の上に捨てられた針を探した。自分が着ていた衣服の端をほぐし、糸を引き出す。二つの襟巻を縫い合わせると、ふわりと浮かんで浅緋の腕に絡んだ。

羽衣だった。

「……きっと女鳥も、天女も、本当はいなかったんだ。狩るのに都合がいいからとこしらえられた、人ではない女たち」

「そうだな」

「でも」

誰かの都合で化け物にされるのは心底気味が悪いけれど、自分の望みで、好きな人と生きるために化け物になるのはなんて気持ちがいいのだろう。

川の終わりが近づいてきた。月の輝きも遠ざかり、周囲が闇に閉ざされていく。橋の両端から順に、鵲たちが飛び立ち始めた。

風が逆巻く。天の国から締め出されたものが、漆黒の裂け目に吸い込まれる。

浅緋は羽衣をまとい、次の瞬間には巨大な鳥に姿を転じた。愛する人を背に乗せて、鵲たちとともに飛翔《ひしょう》する。

豊かな月のそばで翼を広げた。

あの岸辺から、見えるだろうか。

「行こう」

声に頷き、浅緋は輝く銀河に弧を描いた。

ゆれながら

美しい橋だった。

車が二台、並んで走れるくらい幅があって、床版《しょうばん》に敷かれた真新しい象牙《ぞうげ》色の石畳がさやさやと清潔な光を放っていた。金属製の手すりは目が覚めるような群青色で、ところどころ羽ばたく鳥をかたどったレリーフがはめられていた。

橋が開通した日のことを、ユーリは今でもよく覚えている。川の両岸から歓声が上がり、駆け出したたくさんの大人たちが橋の中央で誰彼構わず抱き合った。泣いている人もいた。叫んでいる人もいた。あまりに大勢が一斉に走り出したので、丈夫な鋼で作られた橋が小刻みに揺れ、震動が足の裏を突き上げた。

こわい、と思いながら、八歳のユーリも母親に手を引かれて走った。母親が強く握るので、潰《つぶ》された手が痛かった。でも周囲の熱量に圧倒されて痛いと言えず、転ばないようについていくだけで精一杯だった。

「お母さんは、誰かと待ち合わせてその場にいたの」

狂乱が渦巻く橋の景色に、男の声がすべり込む。ユーリはひとつ、ふたつとまばたきをして、テーブルをはさんだ向かいの席に座るロウに目を戻した。

「いいえ。私の母親は、誰とも待ち合わせていなかった」

「でも、橋へ行った」

「朝方に父親と口論をして、家を出たんだ。どこかに行きたかったんだと思う。それまでの三十年間なら、どこにも行けなかった。でもその日は、橋が開通した」

母親は橋を渡った。商売の荷車を引いていたり、再会した家族と肩を組んでいたり、様々な理由で橋を渡った人々の流れに乗って舗装された道を歩き、歩き、周囲に人がいなくなってもまだ歩いて、ユーリの膝《ひざ》が硬直し小さな段差でもつんのめるようになった頃、ようやく目についたベンチに腰を下ろした。ベンチは木製で、駅のそばにあった。駅舎の前にはロータリーが広がり、それを囲むように商店が軒を連ねていた。時々、深い紺色の優美な雰囲気の電車がことんことんとやってきて、駅舎の向こうのホームに停《と》まり、乗客を少し吐き出し、同じくらい吸い込んで、去っていく。それを一言もしゃべらずに二人で見ていた。

「白鳥《しらとり》橋から歩いて行ける駅というと、琴原《ことはら》駅かな」

「そう。山の入り口の」

「銀河《ぎんが》線はおしゃれだよね。うちはよくあの山にハイキングに行くんだけど、銀河線に乗るよ、っていうと子供たちが興奮する」

重くなりがちなユーリの口をほぐそうとするように、ロウは話をゆるく脱線させた。

六人の子供の話になると、彼の目には安定感のある微笑みが浮かぶ。人生の充実を感じているのだろう。ユーリは一度頷《うなず》いて、当時の琴原駅前を思い出した。

「きれいな電車だなって、その時の私も思ってた。でも、電車だけじゃない。それまで自分が住んでいた町に比べてこっちの町は色々なものがきれいだった。建物の一つ一つが明確なテーマのもと、丁寧に建造されている。道行く人が布をたっぷりと使った、色鮮やかで凝った服を着ている。ディスプレイやポスターで案内されている商品も、使い方が分からない先進的なものばかり。私たち親子は、丈夫で、繰り返し洗える代わりにとっくに色のくすんだ、古い服を着ていた。駅前を歩く人たちに、ちらちらと見られている気がした。橋の向こう側から来た人間だって、すぐに分かったんだと思う」

母親は怒りだす直前のような張りつめた顔で、長い間ベンチに座っていた。ユーリは数分ごとに隣に座る母親の顔を覗《のぞ》き、やはり黙ったまま、通り過ぎていく電車を眺め続けた。すっかり疲れていた。起き抜けに発生した両親の口論に振り回されて、朝からなにも食べていなかった。でも家を飛び出した母親がなにも持っていないこと、未知の土地で動けなくなっていることは分かっていたので、言うことがなかった。

助けてくれる親戚《しんせき》がいるわけでも、商売のあてがあるわけでもないのに、ここに居てどうするんだろう、とは思った。どうにもならないだろう。とぼとぼと橋を渡って家に帰り、不機嫌な父親をなだめながら、朝食に食べるはずだったパンをかじるだけ。そんな憂鬱《ゆううつ》な午後の景色が見えるようだ。ユーリの父親は乱暴で傲慢《ごうまん》だった。日常のあらゆる場面で母親のサポートを受けているのに、二言目には「ここは俺の家だ。文句があるなら出ていけ」と脅した。

あそこに帰りたくない気持ちは分かる。でも、ここにいても仕方がない。どうせ長い距離を歩かなければならないのなら、早い方がいい。そう漠然と思っていたから、母親に「お腹すいた？」と聞かれたときには、ほっとした。

「うん」

母親は頷き、ぎゅうと再びユーリの手を握った。

来た道を戻るのではなく、彼女は駅前に並んだ商店の一つに向かって真っ直ぐに歩いた。焼き菓子を売る店だった。怪訝《けげん》そうにする店主に、しっかりと張った声で言った。

「短い時間でもいいので、働かせてもらえませんか。子供になにか食べさせたいんです」

店主は面食らった様子で、うちの手伝いは足りてるよ、と困惑気味に断った。同じ言語で、意味は問題なく分かるけれど、リズムと発音が少し違う。こちらの町の人は風でふくらんだカーテンみたいなしゃべり方をするな、と思った。わざと関係のないことを考えながら、胸がどきどきしていた。母親が辛《つら》い目に遭うのではないかと、怖かった。

母親は隣の店にも同じように声をかけた。私には決める権限がない、と店番をしていた若い店員が首を振る。すると、そのさらに隣のフルーツジュースの店のカウンターに入っていた高齢の男性が、どうしたの、と声をかけてきた。川を挟んだ町から来たこと、勤め先を探していることを伝えると、同じ町内にあるフルーツを加工する工場を紹介してくれることになった。彼は調理で余ったバナナやリンゴの果肉を串《くし》に刺して、ユーリと母親に渡した。

「お金が必要なら、もっと子供を作って育てるといいよ。補助金が出るから」

そのときは、ついでのように言われた言葉の意味が分からなかった。母親も不思議そうに首を傾げていた。手描きの地図をもらい、フルーツを食べながら二人で工場へ向かった。

ユーリと母親の話を聞き終えたロウは、デザートのプラリネを口の中で溶かしながらうつむきがちに考えごとを始めた。彼の濃くて長めの睫毛《まつげ》が上下するのを、三十歳のユーリは心地よく眺めた。

プラリネと一緒に提供された紅茶を半分ほど飲み終わったタイミングで、ユーリは口を開いた。

「期待していたものは感じられた?」

思索を切り上げるようまばたきを刻み、ロウは目だけをちらりと動かしてユーリを見た。ソファでくつろいでいる大型犬のような愛嬌《あいきょう》のある目だ。

「ユーリとお母さんが一体になっている感じは、すごくした。橋を渡るときも、歩き続けるときも、商店を訪ねるときも、なんのやりとりも交わさなくとも行動を共にできるんだね。それはやっぱり彼女の体から生まれたから？　血のつながりで意思疎通ができるのかな。ずっと手をつないでいたのは、へその緒で接続されていた時代が思い出されて情緒が安定するってこと？」

「いや、うーん」

「未知の環境に臆《おく》さず、お母さんが行動を起こしたのは素晴らしいことだ。子供の空腹に由来する苦痛が、増幅されて彼女にも伝わったんだろうか。吾委《アイ》は献身と自己犠牲に基づいて行動することだったね。ユーリのお母さんは、吾委情深い人だね」

「私ももう、だいぶ忘れてしまったけど……他の誰かの肉体から生まれたからといって、その誰かと、言葉を用いずにコミュニケーションをとれるとか、感覚が共有されるとか、そういったことはなかったと思うよ」

「でも、肉のゆりかごから生まれた人たちは、吾委を体験したんじゃないの？」

「そんな風に言う人もいるけどね」

口をむぐつかせて上あごに溶け残ったプラリネのかけらを舐《な》めとり、ユーリは残る紅茶を飲み干した。

「少なくとも、私の母親が素晴らしかったのは、吾委なんて曖昧《あいまい》なものの深さじゃない。自分よりも弱い存在に、生存に必要なタスクを押し付けなかった。公正で勇敢な人だったってだけの話だと思うよ」

「ユーリは夢がないなあ、せっかく夢のある生まれ方をしたのに」

「夢なんかないよ。肉のゆりかごなんて、今となっては間違いなく子供への危険行為じゃないか。栄養や酸素の供給にエラーが起こっても、なんの警報も鳴らないんだよ？」

「でも当時の母親たちは、その警報も鳴らないエラーに気づいたんだろう？　それこそ吾委じゃないか。数値化されない、神秘的なつながりだ」

「そんな神秘的なつながりは、一度も感じなかったけどなあー」

それぞれに食べたものの会計を済ませ、レストランを出た。入店から退店まで生きている人間に一人も会わないロボット対応の店も多い中、ロウが選んだのは人が出迎え、人が調理し、人が配膳するクラシックなレストランだった。生きた体へのこだわりが深い人なのだ。だから吾委だなんて、古く胡乱《うろん》な言葉に興味を持つ。

半地下の店の階段を上り、人通りのまばらな午後の繁華街を眺めるうちにふと、ユーリは体がざわつくのを感じた。生温かい液体が腰の奥から染み出して、下腹の辺りに溜《た》まっている。これを外に出したくてたまらない。

「したいな」

ロウの子供たちがバスで学校から帰ってくるまで、まだ時間がある。振り返って誘うと、階段を上ってきたロウは唇の両端をひょいと持ち上げた。

指を絡ませてなじみのホテルを訪ねた。町の中心から少し外れた位置にある、外壁が白く塗られた三階建てのホテルだ。背の高い椿の生垣が建物をぐるりと囲んでいる。

無人のロビーに置かれた端末で受付を行い、表示された番号の部屋へ向かう。南向きの明るい部屋だ。中央に、まだほころんでいない巨大な椿のつぼみのような、天蓋《てんがい》からカーテンを幾重にも垂らした円形の寝台が設置されている。

ユーリとロウはそれぞれ熱いシャワーを浴び、裸でつぼみの内部へもぐりこんだ。白い半透明のカーテンにくるまれた空間はうっすらと明るく、すぐに二人分の体温で暖かくなる。

「キャンディ、私の持ってきたやつでいい？」

「もちろん」

ユーリは持参したキャンディの包みを破り、満ちた月のごとく発光するそれを口に含んだ。舌の上で転がすと、瞬時に唾液《だえき》が湧き出るほど甘い。ロウのうなじを抱いて唇を合わせ、キャンディを彼の口内に押しやった。

「ハーブの香りがする」

「いいでしょう。最近のお気に入りなんだ」

「リラックスする分、効くのが早そうだね」

ロウの顔が近づき、先ほどよりも溶けた生温かいキャンディを返される。とろとろと舌でもてあそびながら、ユーリはロウの体に手を伸ばした。喉《のど》のとがりを撫《な》で、首のつけ根のなめらかな部分をくすぐる。ふ、と鼻から息を抜いて微笑み、ロウはユーリの右手の指を一本ずつ口に含んだ。

「あ」

男の口の中で、痛みもなく指が溶けていく。舌のざらつきで皮膚を削《そ》がれ、肉を削がれ、神経を直接しゃぶられているように感じるほど熱い。指の股《また》までなぞられて、ユーリの全身に汗が噴き出した。

「私もやりたい」

キャンディをロウの口へ渡し、ユーリは彼の耳たぶを口に含んだ。柔らかみを舌で潰しながら、平たい体を撫でおろす。ああと湿り気のある声が響き、張りのある腰がびくん、びくんと鋭く跳ねた。

「いい」

「うん」

「舌を吸って」

「まだだよ」

不満げにうなり、仰向《あおむ》けになったロウの体にユーリは時間をかけて触れた。指の先、わきの下、へそのくぼみ、腿《もも》のふくらみ。繰り返し唇を当て、指先でまさぐる。湯の塊のように体温を上げた男の体は、足のつけ根の皮にくるまれた肉のこぶからぽたぽたと雫《しずく》を垂らした。皮を掻《か》き分けて雫の出口を指の腹でまさぐると、喉をわななかせてロウがのけぞる。退化した性器でも、触れられれば気持ちがいいのだろう。

「ユーリ、早く。舌、舌」

とはいえ、より感度の高い舌の方が快感を掻き立てる器官としては重宝される。求められると、気持ちがいい。ユーリは薄く笑ってロウに覆い被《かぶ》さり、甘い舌を吸った。

五十数年前、性行為を主な感染経路とする、致死率が高く極めてワクチンの作りにくい疫病の蔓延《まんえん》を契機に、多くの国では性器同士の接触を前提とした生殖活動、および母親の子宮内での胎児の育成を諦《あきら》めざるを得なくなった。技術革新に必要とされた、恐ろしい勢いで人が死んでいく地獄の数年間を経て、複数の大国が受精から正産期まで安全に胎児を育成できる高機能の保育器の大量生産に漕《こ》ぎつけた。

子供は親の性行為によってではなく、体外受精を経て保育器で育てられる存在になった。体外受精が当たり前のライフイベントとなり、成人と同時に卵子や精子を各自の体から採取し、生涯を通じて冷凍保存しておくこと、さらに罹《り》患《かん》と重症化を防ぐために性器を退化させる薬を服用することが多くの国で義務づけられた。

そんな世界的な潮流の中、保育器をはじめとする大がかりな社会インフラが整備できない国や、運よく疫病が蔓延する前にそれを食い止め、外部との交流をコントロールすることで被害を抑えた国は、国境を封鎖し、世界から病が根絶される日を待つことにした。

ユーリと母親がいた国もその一つだ。川を挟んだ隣国との交流は途絶え、感染拡大期にヒステリックに叩《たた》き壊された橋も、長い間そのままだった。初めの数年間は疫病が、隣国の生殖システムが変化してからは、変化したシステムそのものが恐怖の対象となった。性器を退化させ、人間の形を変える選択は、それを選ばなかった国に苛烈《かれつ》な嫌悪感をもよおさせた。人間はどこまで変わっても人間と言えるのか、進化ではない人為的な変化はどれだけ許容されるべきかといった哲学的な議論が盛んに交わされた。

流れが変わり始めたのは、新しい生殖システムの導入から二十年が経った頃だ。

体外受精と保育器による育成が選択された国では、その利便性の高さから人口が急激に増え始めた。子育てがよりコントロールしやすいライフイベントになったことで成人一人当たりの生産性も向上し、健康寿命も延びる傾向がみられた。病への耐性や生殖システムの違いだけでなく、深刻な経済格差が新旧の国を隔てるようになった。

国境の封鎖を選んだ国は次々に経済が行き詰まり、ユーリが生まれた国もまた、孤立から三十年目にとうとう領土の一部を隣国に売却し、新しい生殖システムの導入と並行して、橋を架け直した。

「橋を渡って、よかった」

「そう」

「ロウとするの好きだよ」

背後でさざなみのような笑い声が湧いた。尾てい骨からうなじまで繰り返し厚い舌で舐められ、ユーリは獣じみたうなり声をあげた。ロウの触れ方はとにかく根気強く綿密だ。彼に育てられる子供たちは幸せだろう、と思う。過去に疫病で人口の三割が失われたこの国では、子供を作ることが奨励されている。子供を三人作れば税金が免除され、五人作れば一家が補助金で暮らしていける。一人で六人の子供を健康に育て、高い教育を受けさせている彼は、立派な人として周囲から尊敬されていた。一番上の子は技術者に、二番目の子は役人になったらしい。

子育ての達者さは、キャンディゲームの達者さに通じる。言葉も通じない未熟な生き物の体を、絶大な根気と注意深さで清め、運び、あやし、食べさせ、導いてきた人たちの指先は、配慮が行き届いていて艶《なま》めかしい。

魅力的な相手に背骨の一粒一粒を丁寧に愛撫《あいぶ》され、ユーリは脳が後ろの方から火であぶられたように溶けていく気がした。あまりの気持ちよさに涙が出た。四つん這《ば》いになって浮き上がった尻《しり》の真下でも、ぱたぱたと軽い水音が上がっている。

「体のあちこちからこぼれてるよ」

内腿を伝ってしたたる雫をロウの指がすくい、濡《ぬ》れた肉の合わせ目に塗り込む。薬で退化させる以前は、その奥に空間があったらしい。今は硬直した粘膜に小指の一本も入らず、いじられ続ければ痛くなる。ただ、表面をかすめるように撫でられるのはよかった。優しくされたら、どこでも気持ちいいのかもしれない。

「もう出したいよう」

「うん、おいでおいで」

シーツを這って、ロウのもとへ向かう。防水シーツには、先にロウが放出した透明な液体が溜まっている。男女を問わずキャンディゲームの最中に退化した性器から放出される液体がなんなのか、実はいまだに解明されていない。ただ、てのひらひとすくいほどの液体と引き換えに、意識が真っ白になるような快感が生じる。

膝に乗り上げ、唇を合わせた。ひりつく舌を優しくしぼられ、ユーリは一息に液体を放出した。

橋を渡ったユーリの母親は、それまでいた国とはかけ離れた社会環境にずいぶん戸惑っていた。

住民登録すると同時に卵子を一定数採取、凍結される。支給された薬を服用し、三ヶ月かけて性器を退化させ、それ以後は、どんな風に自分の肉体を扱ってもいいのだということ。

同意を得た恋人の精子や卵子を用いるだけでなく、成人で養育能力があれば匿名の健康な精子や卵子を購入して、一人でも十二分に制度の保護を受けて子供の親になれること。むしろ税金の控除や補助金を受け取るため、性別に関係なく一人で子供を育てる人が多数派であること。

育児に社会的な敬意が払われていること。

元いた国で伴侶《はんりょ》以外とはタブー視されていた他人との肌の触れ合いが、食後の二つ目のデザートに近い感覚で頻繁に交わされていること。

家や伴侶といった概念が限りなく希薄なこと。

膨大な変化をまるで受け止めきれずに、黙々とフルーツを刻んで一年が経ったある日、「税金が安くなるからもう一人くらいは子供を作った方がいいよ」と工場のマネージャーにアドバイスされ、彼女はユーリの弟妹を作ることにした。役所に収入や住環境を報告し、職員の視察をクリアしたらすぐに厚いリストが家に送られてきた。母親の遺伝情報を解析し、交配した際に比較的遺伝的な病が発現しにくいと判断された匿名の精子のリストだった。

一ヶ月かけて丹念にリストを読み込み、母親は一つの精子を選んだ。アピール文に「歯が強く、胃腸が丈夫で、歌が得意です。」と書かれた精子だった。忍耐を強いられた暮らしで奥歯がすり減り、ストレスでお腹を下しやすく、大きな声を出すのが苦手だった母親にとって、その精子の持ち主の特徴はひどく眩《まぶ》しく感じられた。生まれてくる子供が、人生の苦難をはねのけられるよう願ってそれを選んだ。

制度を利用したことで、新しい国、新しい社会、新しいシステムに慣れが生じたのか、その頃からユーリの母親は頻繁に親しい他人と肌を重ねるようになった。美しい下着を身に着け、こまめに鏡で全身を確認し、気になるところに手を当てていた。幼いユーリは母親のその仕草を、まるで自分の肉体を確かめているようだと感じた。

「橋を渡るまで、あの人は本当になにも持っていなかった。それ以外に握りしめるものがなにもなかったから、私の手をずっと握っていたんだ」

円形の寝台の外縁に敷き詰められたクッションの一つに背中を預け、ロウの手を握ったままユーリが言った。ロウは少し悲しげな顔をした。

「じゃあ、吾委は結局、蜃気楼《しんきろう》みたいなものだったのか？」

「それらしい感覚が完全にないわけじゃないけど……どちらかというとなんらかのタスクを、敬意も報酬もなく誰かに押しつけるときに——もしくは押しつけられた自分を直視しないために、使われがちな言葉だった気がする」

「なんだ、つまらない」

ロウは本当にがっかりした様子で、唇をとがらせた。普段の彼よりもずっと無防備な、幼い動作だった。白い花のつぼみのなかにいるからかもしれない。柔らかな布にくるまれた空間は穏やかで、なにかに守られているような気分になる。

「むしろ私は、六人も子供を育てているあなたが、そんな古くさい概念に惹《ひ》かれることが意外なんだけど」

「うーん」

「なにか悩みでもあるの？」

「そんな、これっていう悩みはないよ。ただ」

口ごもり、ロウは左右に首を傾けた。

「どれだけ惜しみなく手をかけても、子供たちは僕を通り抜けていく。まぶたに焼きついた美しい残像を、病のように思い返して生きる日々が来る。それが怖くなったのかもしれない。だから憧《あこが》れたのかな。僕と子供たちの間には、ずっと途切れない特殊なつながりがあるって信じさせてくれそうなものに」

「うーん、それが新しい生殖システム特有の悩みなのか、それとも川の向こうの親たちも持っていた悩みなのか、私には判断できないけど……自分の体内で、子供を育ててみたかった？」

「正直、少しね。そうしたらもっと揺るぎない心でいられたんだろうかって、空想したことはあるよ。まあ、実際にそれがどれだけ肉体に負担をかけて、どんなリスクを伴っているか、きちんと考えたら選べたとしても選ばないだろう。だから、本当にただの軽率な思いつきだ」

「子供たちは決してあなたを忘れないし、あなたが手渡したたくさんの知恵と健康と精神力を糧に、これからも生きていく」

「ありがとう。でもそれはあの子たちの人生の話だ。そこに僕はいないし、いるべきじゃない」

ロウの灰色の瞳《ひとみ》は、特に力んだ様子もなくユーリを見返している。ただ本当のことをまっすぐに語っているのだろう。ユーリは口をつぐみ、少し考えてから続けた。

「まだ四人も巣立っていない子がいるのに」

「あと四人しかいない。それも、ここからはあっという間だって分かってるんだ」

「死ぬまで一緒にいてくれるものがほしいの？」

「そうかもしれない。これを握りしめていれば安心なんだっていう人生や世界のとらえ方、文脈のようなものを探していた」

「あなた、さては火見《カミ》にもはまった時期があったでしょう」

「ふふ、あった」

目の前でほころんだ厚い唇を吸って、ユーリは白い天蓋を見上げた。

「吾委か火見かは分からないけれど、私はその、大きな文脈のようなものに出会った人を見たことがあるよ」


ユーリが十四歳、そして弟のミドが四歳のとき、親子三人で行楽に出かけた。

幅広い年齢の子供たちが楽しめるよう設計された遊園地でたくさん遊び、夕景が美しいとされる湖のそばのホテルで一泊する予定だった。電車を乗り継いで午前のうちに遊園地に到着し、ありあまるミドのエネルギーを発散させた。汽車に乗り、観覧車に乗り、エアー遊具の迷路を探検し、ミニカーを運転した。

午後になってやっとミドが落ち着いてきたため、三人はノードコートに移動した。ミドにはシロップがたくさんかかった平たいホットケーキを食べさせ、母親とユーリはホットサンドとフライドポテトと名物のパフェを半分ずつ分け合って食べた。パフェには遊園地に出資している果樹園のブルーベリーソースがたくさんかかっていて、母親はおいしいと喜んでいたけれど、ユーリには少し酸っぱかった。

ユーリがパフェグラスの底に残った最後の一口を味わったタイミングで、隣のテーブルの客の会話が耳に入った。なんでも宿泊予定のホテルの近くに、小さな美術館があるらしい。

「行ってみようよ」

水を向けると、母はえー、と肩をすくめた。

「疲れちゃうよ」

「でも、ホテルのすぐ近くだってよ。せっかく遠出したんだし、遊び場だけじゃなくてそういうところも行こうよ」

ユーリには下心があった。町の美術館には大抵きらびやかな小物を販売するスペースが設置されている。クラスメイトの数人が、美術館に行った際に家族に買ってもらったというおしゃれなブレスレットを袖《そで》からちらりと覗かせていて、素敵だなと思っていたのだ。

「ミドは私が抱っこするから」

「うーん……じゃあ、行ってみようか。たまには」

仕方ないという風に、母親は苦笑いをして頷いた。

ホテルから徒歩十分の距離にあった美術館は、本当に小さかった。四つの部屋に個人が収集した年代物のガラス箱が展示されていて、それなりに綺麗《きれい》だったけど、小物の販売スペースに置いてあるのはせいぜい絵葉書とキーホルダーくらいで、欲しかったアクセサリーは一つもなかった。

早々にやる気をなくし、ユーリは居眠りするミドを膝に乗せて適当な館内のベンチに座った。母親は腰の後ろで両手を重ね、展示ケースを落ち着いた足取りで巡っている。館内にほとんど人の姿はなく、母親の足音がぽつりぽつりと雨だれのように響いていた。

眠っているミドの体が熱く、ユーリもつられて眠くなった。あくびを嚙《か》んで、爪先《つまさき》を揺らす。

母親の足音が途絶えたことにしばらく気づかなかった。

顔を上げると彼女はこちらに体の右側を向けて足を止め、展示ケースではなく、ある壁面をじっと見つめていた。気づかなかったけれど、絵でもかけられていたのだろうか。そう思って、ユーリはミドを抱き直しながら少し腰を浮かせた。柱に遮られていた壁面が見えるようになる。

その壁には、美術館と近接する湖の方向へ、幅一メートルほどの横長の楕円《だえん》形の穴が空いていた。楕円形の両端は指で優しく潰したようにとがっていて、少し遅れて、あれは目の形だ、と気づく。

壁を、意味もなくくり貫《ぬ》いた、目の形の穴？

よくわからない。誰かのいたずらだろうか。怪訝に思った次の瞬間、穴の右下に設置された銀色のプレートに気づいた。ガラス箱の展示ケースに設置された、作品の内容を紹介するプレートと同じだ。ということは、あの穴はなんらかの美術作品なのか。

変なの。雨が降ったら、水が入ってきて大変そう。

ユーリの感想はそのくらいだった。だけどその目の前で足を止めた母親は、一向に動き出さなかった。ほとんどまばたきをせず、唇を薄く開いて、穴から見えるのはただの外の景色なのに、まるで見たことがないものを見るような水っぽい顔をしていた。奇妙な穴よりも、自分たち以外のなにかに心を奪われている母親の横顔から目が離せなくなった。

不思議と声がかけられず、だから、ミドがぐずり出して本当にほっとした。

「お母さん！　もう腕疲れたあ。代わって」

「ああ、ごめんね」

二度、三度と名残惜しそうに壁の目を振り返りながら、母親はこちらにやってきた。ベンチの前にしゃがんで、背中を向けてくる。泣きじゃくるミドを、その体におぶわせた。

壁の目は海を挟んだ遠い国に暮らす、母親よりも三歳年上のアーティストの作品だった。名前の正式な発音が難しく、この国のファンにはナルという愛称で親しまれていた。

ナルは世界中の様々な美術館や公園、時には個人の家や商店の壁に、見開いた目の形の穴を空けるパブリックアートの制作者だ。もちろん制作の際は壁の持ち主の同意をとっており、雨が降ったら穴を閉じられるよう、くり貫いた穴と同じ形の栓を提供しているらしい。日頃慣れ親しんだ景色が、ともすれば素通りしてしまいそうな退屈な景色が、ナルの目を通すとまるで生まれて初めてまぶたを持ち上げて見た景色のように生々しく見える。ナルのファンだというライターは、アート雑誌でそんな記事を書いていた。

「ただの穴じゃん！」

思わず口に出すと、母親はゆったりと首を傾げた。

「面白いじゃない、こういうの。自分じゃない誰かの目を借りて風景を見てるみたいで」

「なにそれ、ぜんぜんわかんない……」

ユーリがささくれた気分で毒づいても、母親のナルへの傾倒はやまなかった。まるで熱に浮かされたように休みのたびにシッターに子供たちを預け、近隣のナルの作品を見て回る。今まで登山なんて一度もしたことがなかったのに、山頂にナルの目が設置された礼拝堂があると聞けば崖《がけ》にしがみついてでも行ってしまう。奥深い森に残された古い塹壕《ざんごう》にも、釣り小屋が一つぽつんとあるだけの無人島にも向かった。治安が極めて悪い都市に行こうとしたときは、ユーリが必死に止めた。馬鹿じゃないの、と何度叫んだだろう。

旅行を計画している週の彼女は溌剌《はつらつ》としていて、それ以外の週は明らかに気力に乏しかった。ナルの作品に会いたい、会いたい、と母親の全身が声もなくうずいていた。そんなあからさまな態度の変化も、ユーリは辛かった。でもなにが辛いのか、ユーリ自身にもよくわからなかった。

「自分ばっかり好き勝手して、ずるいよ」

そんな風に文句を言ったこともあった。母親は花がしおれるようにうつむき、その月の旅行を子供向けテーマパークへの遠出に変更した。ミドは大喜びだった。しかしユーリは、薄く笑ってこちらを見守る母親が、三人での外出をそれほど楽しんでいないように感じて余計に苛立《いらだ》った。

ナルが近くの町でファン向けのイベントを行う、とニュースが飛び込んできたのはそんな折だ。母親は即座にイベントに申し込み、前日には社割で買った大量の葡萄《ぶどう》の箱を抱えて帰宅した。彼女はいつしか勤め先をフルーツの加工工場から、その工場にフルーツを納品する農園に変更していた。飾り切りしやすいよう、彼女が品種改良に携わったという大粒の葡萄は、濃紺の宝石のようだった。包丁を入れれば、皮の内側から翡翠《ひすい》の果肉がこぼれだす。

翌朝ユーリが台所を覗くと、母親は生の葡萄をふんだんに使った美しいケーキを作っていた。葡萄の一粒一粒がほころんだ花の形にカッティングされ、純白の生クリームの平原に咲いている。

母親は、きっとナルに自分を知ってもらいたかったのだろう。

ユーリは作業をする母親の極度に集中した背中をしばらく眺め、ぽつりと言った。自分でも少し驚くぐらい、冷えびえとした声が出た。

「ねえ、世界規模のアーティストだよ？　差し入れされた手作りの食べ物なんて、防犯上口をつけるわけないじゃない」

手を止め、みるみる顔色を失った母親はその場にしゃがみこんだ。

「だめだね。私すこし、おかしくなってるね」

力なくうつむく彼女の背中が、とても小さく見えた。母親は自分よりも体が大きい、と物心つく前から思い込んでいたため、その景色はなんだか不思議だった。まるで母親とは違う人の背中みたいだ。十代の後半にはもう、ユーリは母親とほとんど変わらないくらいに背が伸びていた。

目の前の女性が母親以外の人だったら、なにを欲しても、なににエネルギーを注ぎこんでも、もう少し落ち着いて受け止められたのに。

「お母さんの勤め先の……ほら、布製品の会社に転職した人、いたよね？　その人が、自分が開発したんだって、前にサンプルを配ってたじゃん」

「……なんのサンプル？」

「フルーツで染めた、ハンカチや靴下のサンプル。そこにもお母さんが働いている農園のフルーツを卸してるんでしょう？　なら、お母さんもかかわってるって、言えるんじゃない？」

母親はじわりと目を見開き、ユーリの体に強く腕を回した。ありがとう。これまで聞いたことのない、なまぐさく温かな声でささやき、慌ただしく出かけていく。

葡萄染めのふわりと軽いストールを手に戻ってきた母親は、それを少しも角がずれないよう丁寧に畳んで贈答用の紙箱にしまった。一緒に封入するメッセージカードは、背面に無数のシルバーの星が散った繊細なデザインだった。

彼女はなかなかカードを書き出さなかった。強く握られたペンの尻が、小刻みにずっと揺れていた。

「私と母親はぎゅうっとくっついて橋を渡ったけど、本当は一つの星ともう一つの星ぐらい、かけ離れた心と体を持っていた。そしてそれは当然のことなんだって、急にわかったんだよ。そうしたら霧が晴れるみたいに苛立ちが消えた。むしろ母親っていう役割の奥にいた女性がどんな人なのか、知れてよかったって思うようになった」

「その後もお母さんはずっとナルを追いかけていた？」

「うん。脳に腫瘍《しゅよう》が見つかって寝たきりになってもずっと、ベッドに寝っ転がりながらこう――」

ユーリは両手の人差し指と親指の間のカーブをそうっと上下に重ねて、目に似た形の隙間を作った。

「よく指で目を作って、病室や窓の外を見てた。そうすると自分に起こっていることも、ぜんぶ他人事《ひとごと》みたいに感じられて面白いんだって。ただの指の隙間に、最後まで大げさだった」

「すごいな。彼女にとって、それは本当に死ぬまで一緒にいてくれるものだったんだ」

「ナルの目に出会ったっていうより、ナルの目に惹かれる自分に出会ったって感じだったんだろうね。きっと」

シャワーを浴びたため、体が軽い。夕方の風に撫でられるたび、髪や肌からふわふわと柘榴石鹸《ざくろせっけん》の香りが漂う。同じ香りがするロウの背中に、ユーリは手を弾ませた。

「だからさ、運が良ければ、離れたあとにもう一度出会い直すのかもしれないよ。あなたの子供ではなくなった、自分が生きるのに必要な文脈をつかまえた人たちに」

「えー。出会って、嬉《うれ》しいと思う？　それともさみしくなると思う？」

「わからない。私は、悪い気分ではなかったよ」

「それで、僕の文脈はどこにあるのよ」

「そのうちふらっと、出会うんじゃない」

少なくとも、揺れる橋に臆せず川を渡ったのは自分たち親子にとっていいことだった、とユーリは感じている。

もしも母親があの日、橋を渡り切れずに元の家へ戻っていたら——想像したくもない。母親はナルの目に出会うこともなく、漠然とした息苦しさに喘《あえ》ぎながら、娘の手以外に握るもののない人生を送っただろう。自分は自分で早々に進学を諦め、安い賃金で働いていただろう。出世を望むという概念すら持たず、当たり前のように結婚して、当たり前のように家族に奉仕して、母親と同じ閉塞《へいそく》に囚《とら》われただろう。

だけど、そんな時代はもう終わったのだ。大きな悲劇を乗り越えて、これからさらに人類は生きやすく進化していく。その過渡期にあった母親の人生は苦難に満ちていた。でも、自分は違う。新しいシステムのもと、なんの縛りも憂いもなくのびのびと人生を謳歌《おうか》できる。そう、信じられる。

「私も、そろそろ子供を作ろうかな」

「そういえば、まだ一人もいなかったね。なにか理由があったの？」

「仕事が忙しかったのと、ほら、うちにはミドがいるから」

「弟さん、そろそろ成人だろう」

「うん。来年で卒業。一応、勤め先も決まってるんだけど……でもまだ、一人暮らしさせるのは心配なんだよね」

「過保護すぎだって」

ロウは笑うけれど、ユーリは笑えなかった。

橋のこちら側に生きやすさを感じたユーリとは反対に、ミドは成長するにつれ、言動の端々に橋の向こう側への奇妙な憧れをにじませるようになった。「人間が自然な姿で生きているのはあちら側だ」「家族が寄り添い、思い合って暮らしていた頃の美しい共同体を取り戻したい」。そんな、誰かの言葉をそのまま借りたような上滑りしたことを言う。

「あのねえ。ミドは向こう側のことをなんにも知らないから、そんな馬鹿みたいなことが言えるんだよ！　不自由で貧しい、辛い場所だった。変な美化に逃げるのはやめて、ちゃんと目の前のやるべきことに向き合いなよ」

ある日、繰り返される戯《ざ》れ言に呆れて口を挟むと、ミドはニヤニヤとまるで姉を嘲笑するような、そのくせ口角が強ばったぎこちない表情で言った。

「ユーリには、国家が成人したすべての国民の遺伝情報を管理して、人々の生殖を完全にコントロールしていることを不気味だと思う感性がないの？」

「そんなこと言ったって、仕方ないでしょう。そうしなくちゃみんな死んじゃうんだから」

「全員が死ぬわけじゃなかったんだろう？」

「……なにが言いたいの？」

「さあ？ 少しは自分で考えなよ」

生意気な口調で言って、弟は唇をとがらせそっぽを向く。

背が急激に伸びた十代の中ごろから、ミドは友人の兄を通じて素行の悪いグループとつながりを持ち、物を盗んだり、同級生を殴ったりと幾度か事件を起こして警察に注意を受けていた。どうやらそのグループで力を持つ年長の青年たちがそうした考えを持っていたらしい。――きっと、彼らに関心を持ってもらえて嬉しかったんじゃないか、とユーリは想像する。

幼い頃のミドは周りの子供の挙動や機嫌を気にするあまり、欲しいおもちゃも欲しいと言えない繊細で内気なところがあった。そしてその繊細さを覆い隠すように、その場しのぎの嘘をよくついた。なぜだろう、ユーリはいつもミドが本当のことを――

困っているだとか、恥ずかしいだとか、助けてほしいだとか、そういう類《たぐい》のことを言わない――言えない？　生きにくさを抱えているように見えた。学校でトラブルにあっても、理不尽な思いをしても、ミドはなかなか母親にもユーリにも打ち明けなかった。学年が上がるにつれ、ミドは校内の気の強い生徒たちから深刻なからかいを受けるようになり、困惑していた。だから――橋の向こうの国からやってきた母親に育てられた、向こうの国と縁がある、そんな部分であっても感心され、仲間内で居場所が与えられて、ほっとしたのではないか。

母親が生きていた頃は母親が、彼女を亡くした後はユーリが、繰り返し学校側と話し合い、人間関係を変えるようミドを諭し、最終的には転校させた。新しい学校に通い始めてからはだいぶ落ち着いて、妙なことも言わなくなったが、ミドのどこか周囲に対して閉じた姿勢は変わらず、ユーリは彼から目を離すことができなかった。

駅前に辿《たど》り着いた。ロウは夕飯の食材を買い足してから帰るらしい。じゃあ、と手を浮かしかけたタイミングで、横から鮮やかな声がかかった。

「お父さん！　やった、レモンシュガークレープおごって」

紺地に金糸で校章が刺繍《ししゅう》された、上品なブレザーとワイドパンツ姿の少女がロウの肩を叩く。この辺りでは特に優秀な学校の制服だ。はじけるように笑う巻き毛の少女は、目尻が下がった優しげな灰色の瞳がロウにそっくりだった。

「ライリス、おかえり」

「ただーいまっ。あ、ごめん。お話の邪魔した？」

「いや、そんなことないよ。ユーリ、紹介します。うちの上から三番目のライリス。ライリス、こちらは僕の友人のユーリだ。君が来年から勤める生命科学研究所で受付をしてる。たくさんお世話になるから、ご挨拶《あいさつ》して」

「あれ、そうなんだ。ライリスさん、うちの研究所に来るの？」

「ふふふ、よろしくお願いしますー」

「事務方として？　研究員として？」

「研究員です。身体パーツの培養を研究するチームに入ります」

「優秀だあ」

「いつか、機能は退化させたまま、触られたらちゃんと気持ちよくてかつキャンディゲームで使用できる性器を、誰でも形や構造を選んで好きにつけられるようにしたいなーって思ってます」

「えっ……えええっ、性器を、デザインするってこと？」

「はいー。古い画集に、時々二人の人間の下半身がくっついてる絵があって。初めは変な恰好《かっこう》だなーっておかしかったんですけど、よく考えるとちょっと楽しそうですよね。今私がそれをやると、四割くらいの確率で私も相手も死んじゃうけど。危険性をきちんと排除した上でなら、体の一部を好きな人の体内に入れさせてもらうのも、逆にこちらの体内に入れてもらうのも、温かくてよさそう」

屈託なくのんびりと笑う少女を見ながら、ユーリは言葉を失った。種が生存と引き換えに失ったものを、取り戻す。しかもより柔軟な形で取り戻すなんて、考えたこともなかった。

「若い人は、すごい。遠くの景色が見えるんだ」

「すごいだろう。うちの一等星だ」

ロウは頬が溶け落ちそうなくらい笑ってライリスの巻き毛に指を差し込み、くしゃくしゃと優しくかきまぜた。

ロウたちと別れ、ユーリはミドが好きな揚げ鶏を買って帰宅した。幸せそうな二人を見て、自分も弟を喜ばせたいと思った。飯を炊き、野菜を煮た汁物も用意して、弟の部屋へ向かった。

「バケモノになる前に人間にしてやるんだから、むしろ親切だろう、親切」

扉越しに響いてきた、粘っこい笑いを含んだ発言の内容が理解できず、ユーリはノックしかけた腕を止めた。

バケモノ？

いやなざらつきを舌に感じる。バケモノ、は新しい生殖システムを採用した人たちへの蔑称《べっしょう》だ。ユーリはかつて、自分の父親やその祖父母がさも気味が悪そうに、川の向こうはバケモノの国だ、と吐き捨てていたのを覚えている。ちなみにこちらの国で使われていた、古い生殖システムにしがみつく人たちへの蔑称はサルだった。今はどちらの言葉も人前で使えば軽蔑されるし、そもそも誰も使っていない。

とはいえ、橋のこちら側で生まれたミドがそんな古い言葉を知っているとは思えない。聞き間違いだろう。どうせまた友達同士で通話をしながらお化けや怪獣を撃退するホラーゲームをやっているのだ。乱暴な口調は気になるけれど、彼ぐらいの年頃は粗暴さを装いたくなるものだ。来月には職場体験も始まるし、子供でいられるのもあと少し。大目に見よう。ため息をつきたい気分で、ユーリは扉をノックした。

「ミド、ごはんだよ」

少し間を置いて、部屋着の弟がもぞりと部屋から出てきた。いつもちょっと気まずそうに下唇を突き出している。背は、ユーリよりも頭一つ分高い。

「誰かと通話してたの？」

「いや」

「ふーん……」

「今日の飯なに？」

「揚げ鶏だよ」

「お、やった」

へへへ、と喉で嬉しそうに笑って、ミドは食卓に歩いていく。つむじまわりの毛の跳ね方は、ユーリの膝で居眠りをしていた四歳の頃と変わらない。歯が強く、胃腸も丈夫だったけど、大きな声が出せず歌うのが苦手な、私の弟。


その場にいた十一人、全員が死んだ。

弟と、その仲間たちが七人。そして彼らに廃工場に連れ込まれ、未退化の性器に暴行された学生が四人。

グループのメンバーは、人体を改造して疫病と共存したのはグロテスクな過ちであり、大量死を乗り越えて疫病に対する抵抗力を獲得することが人類にとって必要な進化だった、という疫病流行の当初から存在するクラシックで破滅的な思想を持っていた。通話記録によると七人は「あるべき人の姿を取り戻せ」「俺たちが救世主だ」「悪夢の時代を終わらせる」と聞くに堪えない妄言を繰り返していた。

彼らは、自分たちは病では死なない、とかたくなに信じ込んでいた。そしてお互いにからかい合うことで、怯《おび》えることも抜け出すことも許さない雰囲気を作っていた。

事件は彼らだけで為《な》されたものとは言いがたく、知識も、経験も、自分たちの不満や苦痛を訴える言葉も持たない子供らに意図的に思想を与え、風を送り、大きく燃え上がらせた大人たちがいた。

殺された四人の学生のうちの一人は、来年の春から生命科学研究所に研究員として勤務することになっていた、巻き毛の少女だった。

悲劇の第一報を受けたとき、ユーリとロウは二人並んでカフェで食事をとっていた。まずロウのモバイルが鳴り、彼が通話を始めてまもなく、ユーリのモバイルが鳴った。

ユーリが回線の向こうの警察官に口頭で本人確認をされる間に、ロウは一足先に事件の概要を聞いたようだった。彼の灰色の瞳が、てのひらにのせた雪のようにみるみる色を失っていく。

「一体誰が……どうして、そんなことを」

呆然と見開かれた彼の目は、ふと、ユーリをとらえ、動かなくなった。そのまなざしに寒気を感じたほんの数秒後、ユーリは自分の弟が死んだこと、行きずりの四人を性交死させたこと、亡くなった四人のうちの一人が、目の前の男の娘であることを知った。

地面が弾み、足のうらが強く突き上げられた気がした。揺れる。とまらない。体を起こしていられない。

私は本当に、橋を渡り終えていたのだろうか。

気がつくと通話は切れていた。ロウと目が合う。彼はなにかを言いかけるように口を開き、そこで動きを止めた。眉間《みけん》に深いしわが刻まれ、虚空のような瞳に色が浮かんだ。ありとあらゆる感情が入り乱れた、暗く濁った色だった。

「とにかく」

行こう、と呼びかけて、ユーリは彼の肩を支えようとした。

次の瞬間、鋭い衝撃に襲われて息ができなくなった。

たまらず椅子から転げ落ちる。ロウに胸を突き飛ばされたのだと気づくのに三秒かかった。まなじりが裂けるほど目を見開いたロウは、胸を押さえて咳《せ》き込むユーリと自分の手を見比べ、がくがくと震えながら突風のように店を出て行った。


それまでと同じ町に住み続けることはできなかった。

仕事を辞め、身辺を整理し、噂といやがらせから逃げるかたちで、ユーリは再び橋を渡った。

子供の頃、光を固めて作ったように感じられた橋はすっかり風化し、錆《さび》とひび割れだらけのみすぼらしい物体になっていた。それでも相変わらず幅は広く、重たげな造りをしている。

この橋があんなに揺れたなんて、信じられない。

欄干に触れ、吐息のように思考した数秒後、ユーリは強く奥歯を噛んだ。違う。あのときが特別だったのではなく、今だって橋は揺れているのだ。こつこつ、かたかた、と微細に震え、増幅される機会を待っている。

記憶を頼りに実家を覗くと、父親も祖父母もとうに亡くなっていた。町は閑散としていた。若者がみんな橋を渡って隣国に出稼ぎに行ってしまうため、残っているのは老人ばかりだった。

それでも、何人かの子供たちがいた。すでにたくさんの呪いと偏見を、みずみずしい魂に鎖のごとく結びつけられた、自分とミドによく似た子供たち。日中はベーグルショップでえんえんと丸い生地を茹《ゆ》で、夕方からは子供向けの学習塾で勉強を教えた。

――次はきっと、「馬鹿みたいなこと」だなんて切り捨てない。扉を開けて、引き攣《つ》った笑いを浮かべるあの子の手を強くつかむ。どうすればその文脈に縋《すが》らずに生きられるのか、一緒に考えるチャンスをもらう。手をつないで、今度こそ、二人とも苦しまずに生きられる場所を目指して、橋を渡る。緊張と恐れで指先が冷たくなるのを感じながら、自分に言い聞かせて生きた。

休日になると雑貨屋に葉書を買いに行った。季節にあう、なるべく美しい一枚を選んだ。そのために購入した万年筆にインクを含ませ、呼吸を整えて椅子に座り直す。

彼に送る言葉が、いつまでも見つからなかった。謝罪も、弁明も、そぐわなかった。どんな思考も言葉に変換した途端、うすら寒い保身の臭いを帯びた。許しを乞《こ》いたいわけでも、許されたいわけでもなかった。二度と会うこともないだろう。それでも、つながりを途絶えさせてはいけないと感じた。そしてつながりを維持する努力は、あのとき弟を止められなかった自分が支払うものだとも。

今週こそはなにか書ける、といつも思うのに。机に向かうと、決まってペン先が凍りついた。メッセージ欄の白い闇がみるみる広がり、体が押し潰されそうになる。

かたん、と机の上の小物が揺れて、ユーリは自分の手が震えていたことに気づいた。

母親はあのメッセージカードに、どんな言葉を書き込んだのだろう。見せてもらえばよかった。自分はこの終わりのない震動を一生身近に感じて過ごすのだ。そういう生き方と死に方を、彼女から学んでおけばよかった。

また今日も書けなかった。目の奥に痛みを感じながら、空白の葉書をポストに投函《とうかん》する。根菜をいくつか買って帰る途中、唐突に気づいた。

彼からの返事はない。けれど、これまで送った葉書が、戻されてきたこともない。揺れている。川の向こうで、怒りにも絶望にも振り切れず、震動に耐えている人がいる。芯《しん》まで冷えた大根を強く握り、ユーリは早足でアパートを目指した。肉と一緒に煮込んで、大鍋《おおなべ》いっぱい食べよう。そして明日も働くのだ。遠く離れた、彼と同じ世界で。

ひかるほし

見覚えのない車が、家の前の駐車スペースに停まっていた。

ハタハタと胸の内側で小さな鳥がはばたきだし、タカは棒を飲んだように立ち尽くした。なんだなんだ、なんだか変なことが起こってるぞ。どうしよう、早く人に知らせないと。なんだこの車、変な車、白くてずんぐりむっくりで、関取の背中みたい。誰か家に来たのか、いつのまに？

胸のハタハタは次第に速くなり、ほとんど暴れている感じになる。家に入り、誰が来たのか確かめた方がいいのだろうけれど、なんだか怖い。だからその場で胸を押さえたまま、ぼうっと立っているしかなかった。関取車のかたわらで、軒ほどの高さの百日紅《さるすべり》の木がふんだんに花を咲かせている。善治《よしはる》が一番好んで世話をしている木だが、花の色合いが軽薄に感じられて、タカはそれほど好きではない。半ばでゆるく湾曲したなめらかな白い幹をまるで女の腰のようだと言って、「良い女だろう」と客人相手に得意になって語るのも辟易《へきえき》していた。

玄関の引き戸が開き、若い女が出てきた。見覚えのある女だ。したわしい、かわいい、とほとんど反射のように思い、三秒遅れて女が孫の美礼《みれい》だと思い出した。いやだ、孫の顔が分からなくなるなんて。帽子を忘れたのがいけなかった。きっと軽い熱中症になったんだ。とはいえ、美礼はすぐに髪型を変えるので、印象が定まりにくいところがある。

みれちゃん、と呼びかける。なんだか助けを呼ぶような情けない声になった。すると美礼は前に張り出した重たげな腹をさすりながら、不思議そうに目を丸くした。

「おばあちゃんどうしたの、立ったままで」

「いやね、車がね」

「車？　うちの車がどうかした？」

「えっ」

タカは言葉を失った。車……美礼の車？　美礼なんて少し前まで制服を着ていたのに、もう車の運転なんてやっているのか。いや違う、そんなわけがない。だって美礼は子供を産んだ。天使のような――そうだ、杏《あん》だ。これからの時代は、英語でも読みやすい名前の方が仕事がしやすいだろうとかなんとか、孫夫婦はそんなことを言っていた。親が将来のことまで考えて名前をつけてくれるなんて、いい時代だな、とタカは思う。

タカは五人兄弟の真ん中の子供として生まれた。当時まだ日本は戦争をしていた。四歳のとき、七夕の日に空襲があった。父親は出征していて、家にいたのは十歳の兄と七歳の姉、母親とタカの四人だけだった。

まだ走るのが遅いタカは母親に抱きかかえられて逃げた。一度は近くの防空壕《ぼうくうごう》に逃げ込み、しかし周囲に火災が及んだため、母親は子供たちを急《せ》かして再び火の海を駆けた。火災の際に防空壕にいると死んでしまう、と聞いた覚えがあったらしい。一晩中走り続け、最後は川っぺりの茂みに四人でうずくまって夜明かしをした。どおん、どおん、と遠くで爆発音が繰り返され、本当に怖かった。家族は誰も死ななかったが、夜が明けたら町は焼け野原になっていた。

いつのまにか四人とも足の裏と、体のあちこちに酷《ひど》い火傷を負っていた。顔見知りが大勢亡くなった。タカと同じくらいの歳の子供がいて、何度か一緒に川辺で野草採りをした隣の一家もみな、防空壕で煙を吸って死んでしまった。そんな救いのない夜の記憶は、今もタカの意識の底で、ぶすぶすと黒い煙を立てている。

戦争が終わり父親が戻ると、妹と弟が一人ずつ生まれた。妹はナスミと名づけられた。姉はフジだったので、三姉妹で一富士二鷹三なすび。風情もなにもあったものじゃないが、縁起ものの名前をもらえた自分たちはまだ幸運で、友人のなかには末っ子だからスエだとか、これでもう子供は作らないからトメだとか、雑な名づけをされた子はざらにいた。贅沢《ぜいたく》を言っては、ばちが当たる。

「そうだっけ、みれちゃんの車……こんなに大きかった？」

「しっかりしてよー。買い替えたって来たときに言ったばかりじゃん。子供も二人目になると、ファミリー向けのワゴン車の方がなにかと便利だから」

「そうか、そうだったね。なんだかお相撲さんみたいな車だね」

「おばあちゃんさっきもそれ言ったよ」

　そこでタカは、自分が杏のためにアイスを買いに行ったのだと思い出した。四歳の杏に、夫の善治が畑でとれたいちじくを無理に食べさせて泣かせたのだ。初めて見るといういちじくを杏は気味悪がっていたし、素人が作ったもので味も薄い。口直しをさせようにも、あいにく冷蔵庫にはちょうどいい甘味がなかった。ぽってりとした頬に涙のあとをつけたひ孫が不憫《ふびん》で、タカは買い物袋を手に家を出た。ついでに、夕飯の材料も買い足そうと思った。今日は息子の貫一《かんいち》だけでなく、美礼の夫の智則《とものり》も訪ねてきている。働き盛りの男二人の胃袋を満たすには、すき焼きだけでは心もとなく感じた。

「あらいやだ、アイスが溶けちゃう」

　両手に提げた買い物袋を持ち直し、やっとタカは玄関へ歩き出せた。美礼が袋の片方を持ってくれる。

「悪いね、杏がわがまま言って」

「いいんだよ、困っちゃうねじいさんも。年寄りの口に合うからって子供の口に合うとは限らないのに、無理強いして。大丈夫？　あのあとは泣かせてない？」

「うん。杏は夕方の子供番組観てるし、じいちゃんはトモくんに勲章の話してた」

「また勲章の話！　トモくんもご苦労様だ」

八十を過ぎてまもなく、善治は役所に呼び出され、県知事から勲章をもらった。仕事で功績を残した公務員に贈られる賞らしい。善治は叩《たた》き上げの警察官だった。ピカピカの勲章を左胸につけて、天皇陛下にも拝謁した。その時はタカも着物を借りて付き添った。緊張して、お顔はあまり見られなかった。内閣総理大臣の署名がされた賞状と銀色の勲章、そして拝謁の帰りに写真館で撮った記念写真は、並べて床の間の一番目立つ場所に飾られている。

あれは良い一日だった、とタカはしみじみ思い返す。会う人会う人に立派なご主人ですね、おめでとうございます、とねぎらわれた。若者ぶって見えるだろうか、でもこれが一番きれいな色だ、とためらいつつ選んだ菫《すみれ》色の留め袖《そで》も、ずいぶん褒めてもらった。あなたは上等な女房だ、よく働いた、と大きくて正しい存在に認められた気持ちになった。

実際、古い組織で夫が堂々とふるまえるよう、支え続けるのは本当に大変だった。月に三度は同じ職場の誰々の引っ越しの手伝いに行き、週に三度は突然家にやってきた上司や部下の分まで食事をこしらえ、足りない酒を買いに走った。皺《しわ》ひとつないワイシャツ、毛玉ひとつない靴下を一日だけ用意するのは娯楽だが、四十年間欠かさずそろえるのは仕事だ。いつ誰がやってくるか知れないのだから、家のことにも一切手は抜けなかった。折々の贈答品や礼状の手配。末の息子が一番かわいかった、長男の嫁は全然だめだ、としょっちゅう転がり込んでくる姑《しゅうとめ》の相手。「お母さん、いつでも来てください。俺はあなたに育ててもらって、こんなに頑丈になったんだから」とにこやかに迎えながら、一番かわいがられたらしい末の息子は母親の布団も、茶碗も、洗濯物も、一度も片づけやしなかった。善治が他人に良い顔をするたび、後の始末はすべてタカに押し寄せた。耐えて耐えて生きてきたのだ。勲章をもらって、ほっとした。

もう六年前の話だが、善治にとっても人生で一番嬉《うれ》しい記憶なのだろう。誰かが訪ねてくるたび、善治は勲章の話をする。智則にはもう十回かそれ以上、同じ話を聞かせているはずだ。世代と職種は違えど同じ公務員同士で話しやすさを感じるのか、善治は消防士をしている五十歳以上離れた孫の夫をずいぶん気に入っている。善治の脈絡のない自慢話に根気強く相づちを打ってくれる智則に、タカもまた頼もしさを感じていた。勤めていた頃は部下がよく休日に訪ねてきて、一緒に釣りだのゴルフだの、善治の相手をしてくれて助かったものだ。しかし退職後はそうした交流も減り、日がな一日むっつりと黙り込む善治を、タカは持て余すようになった。息子の貫一は時々顔を見せるものの、来ると決まって居間の長椅子で昼寝を始め、居ても居なくても同じになってしまう。

自分の陣地ともいえる台所に帰りつき、買い物袋を置いたタカは、ふう、と深く息を吐いた。冷たい水を一杯飲む。杏にと買ったチョコアイスは半分ほど溶けていた。カップアイスで助かった。しばらく冷凍庫に入れて、もう一度固まらせてから出すことにする。すき焼きと一緒に出そうと追加で買ってきたパックの寿司《すし》を買い物袋から取り出し、食卓に並べる。

「なんてったって、うちの大事な跡取りだ。俺が死んだら、お前たちがこの家に引っ越してくるんだ。智則くんのところはお兄さんがいるんだから」

「まあ、確かに兄はいますけども」

「なに馬鹿なこと言ってんの。付き合ってらんないよ」

居間から上機嫌な夫の声と、苦笑まじりの智則くんの声、そろそろ本気で怒りだしそうな美礼の声が漏れ聞こえる。ああまた迷惑をかけている。いまどき跡取りもなにもないだろう。夫は美礼のお腹にいる二人目のひ孫が男だと分かった途端、跡取りだ、跡取りだ、と極端な執着を見せるようになった。美礼たちはここから川を一本挟んだ隣の町に住んでいる。車で二十分ほどの距離だ。もともとは寂れた地域だったが再開発され、子育て世代向けの施設が拡充されたことで人口が増えつつあるらしい。駅も改修工事が終わって、ずいぶんきれいになったとか。

とはいえ、孫夫婦が——同居じゃなくてもいい、なんらかの気まぐれや巡り合わせで、橋のこちら側に引っ越してくれたらどんなに素敵だろう、とタカも思う。家事は美礼と折半して、気難しい夫の機嫌は智則がとってくれる。かわいいひ孫たちとも遊び放題だ。杏だって胸がとろけるほどかわいかったけれど、男の子の赤ん坊なんてさらにかわいいに違いない。小さな口に、うんと手をかけた離乳食を運んでやりたい。

急須の茶葉を新しいものに替え、お湯を注ぎ、タカはいそいそと居間に向かった。智則に会釈しつつ、空いた湯のみに茶をついで回る。

「ああもう、おじいちゃんたら。ごめんなさいね、何回も同じ話ばかりして退屈でしょう。どうぞ、お茶のおかわり飲んでちょうだいね。跡取りはさておき、橋のこっち側も昔に比べてずいぶん便利になったんですよ。歩いて十分の距離に産婦人科も小児科もあるし、デパートも新しくなって」

「いや、だからって、私たちがわざわざこっちに引っ越すわけないじゃん！　職場は向こうなんだし、駅から遠くなるし」

「でも公園は広いし車も少ないし、子育てしやすいよ。子供二人、落ち着いた環境でのんびり育てればいいじゃない」

「わけ分かんないよ。話にならない」

美礼は憎らしい調子で言ってそっぽを向く。ずいぶん生意気になったものだ。この孫だって、子供の頃は無邪気だった。夏休みで遊びに来ている間は手を引いて、近所の市民プールに毎日連れて行った。帰りはフードコートでかき氷を食べさせて――ああ、メロンシロップで染まった小さな舌が、目が眩《くら》むほどかわいかった！　しっかり思い出すと泣いてしまうので、わざと途中で考えるのをやめる。智則さんは眉《まゆ》をひそめて笑ったままだ。まあここで無理に押してもだめだろう。もうすぐ夕飯だよ、と声をかけ、タカは台所へ戻った。テーブルの中央にカセットコンロと、すき焼きの鍋《なべ》を用意する。

ふいに炊飯器が炊きあがりを告げる軽やかなメロディを鳴らし、全身の力が抜けた。顔がゆがむ。

ああ、またやってしまった。そうだ、ご飯を炊いていたんだった。

冷蔵庫には手巻き寿司にするつもりで買った、刺身といくらが冷えている。

夏の葬式は気が重い。毎年どんどん暑くなるものだから、会場に行くだけで疲れてしまい、読経の途中で意識が遠くなる。今年はあと何回葬式に出るんだろう。親族も友人も、この歳になると足を引っかけられた障害物競走のハードルみたいにぱたぱたと倒れていく。

八月の終わり、善治の兄が亡くなった、と連絡が入った。一昨年《おととし》、危うく小学生をはねそうになって、善治は免許証をすでに返納している。貫一の車に三人で乗って、本家近くの斎場へ向かうことにした。

朝からなにかと慌ただしかった。二人分の喪服と靴の準備。袱紗《ふくさ》と香典。熱中症対策の塩飴《しおあめ》。ペットボトルの麦茶。夫は冷房の効いた部屋だと具合が悪くなるので、薄いひざかけも念のため一枚持っていく。

「なにやってるんだ、遅れるぞ！」

玄関からどやす声が、夫の声か息子の声かよく分からない。抑揚がよく似ている。

「はいはい、ただいま！」

いつもなにか忘れ物をしている気分で、胸がハタハタする。ともかく鞄《かばん》を肩にかけ、後部座席に乗り込んだ。

夫の実家は古い農家だ。広い土地を耕して、米や野菜を作っている。現在、家業は善治の兄の息子であり、タカの義甥《ぎせい》にあたる勇《いさみ》と、そのまた息子が切り盛りしている。斎場には、仕事の取引先だろうたくさんの弔問客が訪れていた。あふれんばかりに白菊が飾りつけられた祭壇に近づき、棺《ひつぎ》に横たわる義理の兄へ、善治に続いて一礼する。

善治は故人の肩を幾度か丁寧に叩いていた。ねぎらっているように見えた。

義理の兄とタカはほとんど話したことがない。正月飾りを作る人、という印象がある。夫の実家では、毎年の正月飾りをその家の長男だけが作ることになっている。家督を継ぐ資格を持つ男たちだけで作る門松やしめ縄飾りは、スーパーで売っているものよりも少し複雑で、変わった形をしていた。作り方は、彼らしか知らない。

喪主をやっている勇にお悔やみを言い、親族席に着く。

「おい、アレだ。アレ」

善治が片手を向けてくる。

「ああ、はい」

タカはうなずいて、黒い小さなバッグを開いた。あ、と思わず声が漏れた。アレ——数珠《じゅず》が入っていない。しまった、前にバッグの中を整理した際に取り出して——それから、どこに置いたのだろう。

「いやだ、忘れちゃった……」

「なにしてんだ、みっともない!」

舌打ちでもしそうな口調で叱られる。ハタハタと胸が騒いだ。夫に恥をかかせてしまうことへの、申し訳なさと恐ろしさ。よりによって兄弟の葬儀で数珠を忘れさせるなんて。同時に、薄い苛立《いらだ》ちも湧く。そりゃあ——そりゃあ、あなたは私が用意した服を着て、車に乗るだけだもの、なに一つ失敗しないでしょうよ! なにを偉そうに。居たたまれない気持ちで黙り込む。すると、背後からそっと背を叩く手があった。

「タカさん、あの私ね、いつも忘れちゃうから、予備を一つ持ってるの。よければ善治さんにどうぞ」

勇の妻の優子《ゆうこ》が、控えめに笑って木製の数珠を渡してくれた。数珠を受け取った善治は「や、や、ご迷惑をおかけして申し訳ない」と丁寧に言って頭を下げる。一人だけなにも持っていない手を合わせて拝んでいる間、恥ずかしくて仕方がなかった。

式が終わり、ぱらぱらと通夜ぶるまいの席へと移動する間、先ほど助けてくれた優子が給湯室のそばの目立たない場所にいるのを見つけた。お茶でも追加で運ぶのだろうか。先ほどの礼を言いがてら手伝おう、とそちらへ向かう。

すると優子の奥には、勇の姿があった。激しい口調で、妻を叱りつけている。

「なにやってるんだ！　早くとって来いよ。おふくろは寝たきりなんだから、お前が気づかなきゃだめだろう！」

「はい、はい」

小刻みにうなずき、優子は強《こわ》ばった顔でタカの横をすり抜け、小走りに斎場を出た。なにか余程のものを忘れたらしい。

「大丈夫？　なにか困りごと？」

なにか女手の必要なことだろうか、と気になって声をかける。すると、勇は軽く笑って首を振った。

「あぁタカさんすみません、騒がせて。いいえ、大したことじゃないんですけどね。ほら、うちの親父、いくつかの団体のまとめ役をやってたんで、お上から賞状をもらったんですよ。それを棺に入れ忘れたってんで、慌てて」

「ええ、賞状を、お棺に入れるの？」

「入れますよもちろん！　本人の大事な持ち物だもの。閻魔《えんま》様の前で、私はこれだけ懸命に働きましたって示せるようにしてやらないと。まあ、賢い女性陣からしたら、そんなものにこだわって下らない、男は馬鹿だなって思われるかもしれませんが……大事なものですよ。善治さんは特に立派な、ピカピカ光るのを頂いたじゃないですか。まだずっと先の話でしょうけどね。どうか忘れずに入れるよう、手配してあげてくださいね」

「……はあ」

そうだったのか、知らなかった。これまで参列した夫の実家関係の葬儀では、故人と一緒にそんなものが燃やされていたのか。喪主で忙しい勇は、足早に通夜ぶるまいの会場へ向かう。タカはしばらく同じ場所に立ち続けた。

なにかがいやだ。

夜遅くに疲れ果てて帰宅した。風呂《ふろ》の支度をし、先に善治に使ってもらう。歩き回って疲れたのだろう。湯を上がるとグレープフルーツジュースを一杯飲んで、善治はすぐに寝床へ入った。

「おい、ばあさん」

「はい」

「いいか、お前は俺より一日でもいいから長く生きろよ。一人で残されたって困るからな」

枕に頭を預け、夫はしみじみと噛《か》んで含めるような声で言った。苦い気分でタカは口をつぐみ、はい、と少し遅れて付け足した。これが、世間で言われるところの愛情のこもった言葉だと、五十代、六十代の頃は、まだ淡い期待を持っていた。けれど違う。夫はご飯の炊き方すら知らないのだ。何度か教えようとしたが、そんなことはやりたくないと手を振っていやがり、覚えなかった。困る、とはただのシンプルな生活の不便だ。こめられているのは愛情ではなく、べたりと粘る厄介な依存だ。

同じ年代の男の中には、もっと違う生き方をする男もいる。さっぱりとしていたり、面倒見がよかったり、料理を作っていたり。友人の夫の話し方や家での動き方を見て、ああずっといい、素敵だ、と思うことは何度もあった。善治は仕事の面では有能だけれど、それ以外の面がことごとく自分勝手で、幼稚だった。

四十代の後半から、タカは免状を持っていた茶道と生け花の教室を定期的に開き、生徒を取って教えていた。しかし善治は自分が定年退職すると、「俺がやめるんだからお前も引っ込め。みっともない」とタカにも教室をやめさせた。看取れ、ここに住め、お前はこんな仕事をしろ、こんなやつとは付き合うな。自分が物を言いつけられると思っている女には、不躾《ぶしつけ》に、とんでもない干渉を行う。恐らく職場の部下や、自分には歯向かえない関係性の男にも同じことをしてきたのだろう。そうした善治の性質は美礼にも、美礼の母親にも、ずいぶん嫌われていた。

どれだけ抗議され、文句を言われても「だめだ」「お前が間違っている」「恥知らずだ、みっともない」と切り捨て、自分の要求を引っ込めない。無体を行ってもなにも感じない。それが世間では「仕事ができる」と評される、強引で鈍感な資質だった。

そんな夫だが、おかげで妻のタカは食うに困ったことはなかった。だから、マシだ。良識があっても家族を食わせられなくなった男を、これまで生きてきた七十九年の間にごまんと見てきた。贅沢を言ったら、ばちが当たる——そう、呪文のように繰り返して生きてきた。

寝息が聞こえる寝室を離れ、床の間のある客間へ向かう。照明をともし、長押《なげし》にかけられた勲章と賞状を見上げた。

賞状には見事な墨書で、『大前戸《おおまえど》善治殿』とある。当たり前に、大前戸タカ様の字はない。

ない、のに、ある、と無理に思い込んでいた。でもやっぱり、ない、のだ。少なくとも、自分が嫁いだ生活圏にはなかった。どれだけ上っ面で「内助の功があったから」などと囃《はや》されても、この勲章は夫一人のものだと、明確に、疑いようもなく、男たちの深部では認識されている。

穴が開くほど夫の名前を見つめふと、立派な名前だな、と力が抜けるように思った。善く、治める。いいな、私もこんな名前をつけられたかった。

一番上の兄は、鋼太郎《こうたろう》だ。フジ、タカ、ナスミ、と続いて、末の弟は徹夫《てつお》。父親は男の子が生まれると学のある親族に頼んで恰好《かっこう》いい名前をつけてもらっていた。女に漢字の名はもったいない、と考える家だった。タカの家が特別なのではない、あの頃はどこの家もそうだった。夫の実家では、自分と同世代の女は平仮名の名前が多かった。いと、さよ、しづ。善治、と画数が多く角ばった名前と、それらの名前が並んだ時の圧力の違いが、そのままその生活圏で与えられた力の違いだ。タカは過去に店舗でカードを作る際に「タカ子」と自分の名前に漢字の子を付け足したことがある。「鷹子」と当て字をしたこともある。自分の名前を恰好悪く感じていやだったからだ。しかし届いた郵便物を小学生だった美礼に見られ、「おばあちゃんってどの名前が本当なの？」と聞かれてやめた。なんだっていいんだよ、などと曖昧《あいまい》に笑って言葉を濁した記憶がある。

なんだってよくなかったんだな、と今さら思う。またたく星のような銀色の輝きを見つめた。

ああ私も、これが欲しい。

細畠《ほそばた》みず江《え》は、もともとタカの暮らす家の斜向《はす》かいに住んでいた。高度経済成長期の半ば、善治が農家から買った土地に家を建ててまもなく、細畠家もお向かいのねぎ畑を潰《つぶ》して現れた。タカとみず江は年齢が近いこともあって早くから意気投合し、四十年以上親しいご近所さんとして交際を続けてきた。父親が銀行に勤めていたというみず江は、気性の根本に慎ましさと少女のような無邪気さがあり、タカは彼女としゃべっているといつも心に安らぎを感じた。汁物が冷めない距離に友人がいて、他愛もない愚痴の言い合いや世間話ができるのは幸福なことだった。

しかし十年前に突然、みず江の夫が脳梗塞《のうこうそく》で亡くなった。七十五歳だった。育てた子供たちが去り、さらに夫も去った家で、みず江は少しずつ心身のバランスを崩していくように見えた。広い家屋で一人ぽつんと暮らしていると、ひどい不安感に苛《さいな》まれるのだという。医者にかかったり、体操に通ったりとしばらく試行錯誤をした挙げ句、みず江は家と土地を売却し、橋の向こう側の高齢者向け分譲マンションに引っ越した。バリアフリーが徹底されているほか、二十四時間管理人が常駐していて、困ったらボタン一つで駆けつけてくれることが決め手だったらしい。

　ずいぶん大きな決断をした、とその時タカは目が開かされる心地がした。夫が建てた家を妻が売って、その土地を去る。もちろんなに一つ法に触れる行為ではないが、それを行えるみず江はずいぶん自由な精神を持っていたのだなと感心した。そして、みず江の夫もきっと柔軟な人だったのだろう。自分らが死んだら子供が、孫が、この家を引き継いでずっと守っていくんだ、と強い妄想にとらわれ、自分が購入した土地と家屋を神聖視する善治とは違って。

　それを告げると、みず江はころころと可憐に笑った。

「うちだって、頑固な人でしたよ。でももういないんだから、好きにやらせてもらおうと思って」

　好きにねえ、とタカはうなった。妻が好きにできるのは、夫が死んだ後だけだ。女の平均寿命が長いのは夫を看取ったあと、再び墓の中で世話をする前に一息つくためだ、なんてくだらないことを言う友人もいた。年齢は五つ上だが、日々畑に出ている善治の方がタカよりも丈夫な体を持っている。自分があの家を離れられる日はこないだろう。

　なにより、と胸の中で苦々しく続ける。これはみず江にだって、言えないことだ。

――一人で生きていく方法が分からない。家の前に見知らぬ車が停まっているとき、予想外の物事にぶつかったとき、タカの胸はハタハタと騒ぎ、まるで錯乱した小鳥が檻《おり》の中で暴れているように乱れる。おじいさん、おじいさん、と善治を呼び、対処を求めてしまう。善治が不在ならば貫一の携帯を鳴らし、それも繋《つな》がらなければ本家の誰かだ。相談せずにいられず、承認された行動以外は恐ろしくて選べない。女というよりも人間として、自分はとても性質が弱いのだと思う。情けなく、恥ずかしい。だから仮に善治が先に亡くなったとしても、自分は彼や周囲の親族が示した規範意識から、けっして出られないだろう。

そう思っていたからこそ、自分には与えられない勲章を見上げてふつりと生まれた小さな火のような欲望は、意外だった。意外過ぎて、どう考えればいいのか分からなくなり、翌週には茶菓子片手にみず江のマンションを訪ねて相談した。

「主婦にも勲章をよこせだなんて、タカちゃんが活動家みたいなことを言っている」

みず江は目を大きくして面白がった。揶揄《やゆ》の気配を察して、タカは顔をしかめる。

「やだ、やめてよ」

「最近はウーマンリブじゃなくてふえに……ああ、言いにくい。フェミニズムなんて言うらしいよ」

「知ってるよ。美礼がはまってるもの。智則くんと、夫婦で別々の名字のまま結婚したいだなんて宇宙人みたいなこと言い出してびっくりしたよ！　やっぱりそういう素《す》っ頓狂《とんきょう》な性質は、母親ゆずりなのかね……」

美礼の母、つまり貫一の妻の恵子《けいこ》は変わった女だ。おしゃれで、美人で、しかし心根のどこかに冷淡さがあった。デパート勤めの貫一の給料では不満だったのか、美礼が生まれてからも女性向けの下着メーカーで働き続け、けっして職を手放さなかった。美礼は赤ん坊の頃から保育園に預けられ、小学校の高学年には鍵《かぎ》っことなり「今日は麻婆豆腐《マーボーどうふ》がおいしくできたよ！　パパとママに食べてもらうの楽しみ」などと元気にしゃべる孫が不憫でたまらず、タカは電話口で何度も涙をこらえたものだ。美礼の成人後は「もう母親業は終わり」などと勝手に宣言し、商品の工場を管理する役職についたとかで、一年の大半を海外で過ごすようになった。親族の葬式にも香典を寄越《よこ》すのみで顔を出さない。非常識な女に振り回される貫一が気の毒で仕方なかった。それもあって、タカは実家で昼寝ばかりする息子を甘やかしてやりたい気持ちでいる。

ともあれ、ウーマンリブならびにフェミニズムは、いつだってタカにとって勘所の分からない運動だった。言いたいことはまあ分かるけども、そんなにヒステリックにならず、うまくやればもっと聞く耳を持ってもらえるのに、とすら思っていた。

「違うんだって、ああいう変なことじゃなくて」

「タカちゃんの言いたいことは分かりますよ、もっちろん。でも変なことじゃなかったんだよ。私ね、一人になってやっと、私たちと同じ世代でウーマンリブをやった田《た》中美津《なかみつ》って人は立派だなあって思うようになった」

「へえ」

みずゝ江がこのマンションで暮らし始めて、もう三年も経っただろうか。彼女の中の少女っぽさ、品の良い気弱さとでも言うべき部分がなくなった気がして、タカは一人で置いて行かれたような寂しさを感じた。ちらりと綺麗《きれい》に整頓《せいとん》された部屋の、窓に近い明るい壁に目をやる。そこには美しい彫刻が施された木製の十字架が飾られている。

ああそうだ、と苦々しく思う。夫を亡くした数年後、みず江がキリスト教に入信したときも、自分はうろたえて――友達が悪い団体に騙《だま》されていたらどうしよう、ハタハタと強く胸を打つ不安に動揺し、でもどうせ善治や貫一はまともに取り合ってくれないし仏教以外の宗教なんて悪く言うに決まっているからと、たまたまその時家に来ていた美礼に、「どう思う？」と聞いたのだった。

美礼はなんでそんなこと聞くの？　とばかりに目を丸くして少し考え、「そのお友達が入信した団体は多額の寄付を強要したり、集団生活をしなさいって家財を没収したり、あとは、そうだなあ……自由に恋愛や結婚ができなかったり、なにか医療行為が受けられなかったり、そういった信者の生活を制限する教義がたくさんあるところ？」と聞いた。特にそういう話は聞かない。木曜と日曜に礼拝をやっている駅前の教会だと答えると「じゃあいいんじゃない？　夫さんが亡くなって、人恋しいから神様に話を聞いてもらうって、よくありそうな話だなって思うよ」と言った。いいんだよね、そうだよね、と自分の生活圏では変わり者になってしまった友人を認めてもらった気がして、ほっとした。

なぜだろう、自分はいつも「相談」している。なにか起こるたび、周囲の意見を聞いて回っている。しょうがないじゃないか。十八で嫁いで以降、子守だの和裁だの軽い手伝いをしたことはあっても、ほとんど世間を知らずに来たのだ。男性だって善治しか知らない。——ああ、ぞっとする。新婚の頃に頻々と行われた「お勤め」。お勤めという言い方が余計にいやだった。

「それで、タカちゃんはどうするの。勲章を二つに割って片方は自分の棺に入れるって、その気に食わない本家の義甥に宣言する？」

タカが持参したマスカット大福を頰ばりながら、みず江が聞いた。

「……まあ間違いなく頭がおかしくなったと思われるだろうね。冗談だろうって、受け流されて終わり」

タカさんがこんなこと言うもんだからさあ、俺も参っちゃって。おふくろも耄碌《もうろく》したもんだよ、いやだねえ、年取るって。そういうときは、百貨店でバッグの一つでも買わせて、ストレス発散させてやらないと。酒の席で笑いとともに交わされる、親族の男たちの声が聞こえるようだ。これまでにも無数に交わされてきた、その場にいない、間抜けで気が利かない女へのあなどり。

言いたいことはまあ分かるけども、そんなにヒステリックにならず、うまくやればもっと聞く耳を持ってもらえるのに？　明確な「言いたいこと」が固まってやっと、若い頃の自分の言い分がいかに幼稚で無意味だったか分かる。

「じゃあどうするの？」

問いを重ねられ、タカは沈黙した。百貨店のバッグが欲しいわけではない。欲しいのは敬意だ。あのピカピカ光る、銀色の。自分の生活圏では、けっしてそれはタカには差し出されない。周りの男たちは米研ぎも風呂洗いもおしめ替えも、子供が学校で起こした問題への対処も、PTAも町内会も、急な来客の相手も、悪い印象を抱かれないよう気づかいながらろくに知りもしない他人の引っ越しや冠婚葬祭を手伝うことも、贈答品の手配も年賀状の支度まで、誰かを支える業務のすべてを、やったこともないのに「おい」と一言で押し付けて、その上で、そんなのは楽な仕事だ、と意識すらせず軽んじている。

だけど自分一人では、胸の中で暴れる鳥をなだめて生きていけない。この鳥はいったい、なんなんだろう？

沈黙をどう受け取ったのか、みず江は壁時計を見上げ、おもむろにテレビをつけた。なにかと思えば、幕内の土俵入りにチャンネルを合わせる。

「え、相撲好きだったの？」

「ううん、あんまり知らなかったんだけどね。なんだっけ、最近さ、四股名《しこな》がまだつかないうちから大勝ちして、幕内に入ってきた子いたじゃない？　まだ二十歳くらいで、きれいな顔してさあ。孫みたいな年齢の子が頑張ってると思ったら、なんだか応援したくなっちゃって」

思いがけない華やいだ返事にタカはあっけにとられ、続けて声を上げて笑った。

「えええええッ！　すごいねえ、みず江ちゃん。気持ちが若いよ」

「タカちゃん、相撲は？」

「大鵬《たいほう》関は同年代だし、かっこよかったからずいぶん応援したよ。ただ、贔屓《ひいき》の力士ができてもさ、だんだん年を取って負けていくわけじゃない？　怪我だらけで、辛《つら》そうで、追いかけるのが苦しくなっちゃった」

「あらまあ」

そんなに真面目に見なくても、といった顔でみず江が肩をすくめる。タカは苦笑いをして腰を浮かせた。自分が相撲をあまり見られない理由はもう一つある。そしておそらくは、みず江も同じ理由に阻まれて、この年齢まで腰を据えて観戦する機会に恵まれなかったはずだ。

「あれ、タカちゃん、もう帰るの？」

「夕飯の支度があるからね」

バスに揺られて古い大きな橋を渡り、家に戻ると、ちょうど善治がそばの畑から出てきたところだった。タカに気づかず門扉を抜け、収穫したばかりの野菜がこんもりと詰まったビニール袋を玄関先に置く。自分は泥だらけの手足を洗いに、裏の水道へ向かう。

「おじいさん、帰りましたよ」

呼びかけても返事はない。最近はめっきり耳が遠くなった。まだ二十五度を超す残暑だというのに、善治はなぜか分厚いセーターを着ている。熱中症になるから脱ぐよう促しても、暑くない、と言い張って脱がない。

ビニール袋には大量のピーマンと茄子《なす》ときゅうりが詰まっていた。年寄り二人で食べられる量ではないので、可能な限り調理して冷凍するか、近所に配る。善治は野菜作りが好きだが、収穫より先の展望は持っていない。美礼の家に送ろうか。このあいだは、虫が入っていて怖かった、と文句を言われた。虫ぐらいいて、当たり前じゃないか。四方八方にため息をつきたい気分で、タカは重いビニール袋を拾い上げる。

「おう、枝を切らないとな」

翌日、朝食の席で善治が呟《つぶや》いた。それを、タカは畑に関することだろうと軽く受け流した。

「どこかに邪魔な枝が出てきたんですか？」

「うん」

やけに素直にうなずいて、善治は顔を上げる。なぜか台所の壁の一点を見ていた。蠅でもとまっているのかとタカもそちらを振り向くが、なにもいない。

午前中、善治は畑に出ていた。いつも通り泥だらけで戻り、風呂を使い、昼食にそうめんの他、茄子とピーマンとちくわのてんぷらを食べた。食後は居間でなにやら書類を確認していた。あとは静かだったので、タカは寝室で昼寝をしているのだと思った。

三時過ぎに、美礼が例のでかい車を運転して訪ねてきた。杏も来たのかとタカは期待したが、今日は智則が非番で、二人は近所で自転車の練習をしているらしい。

「育ったとはいえかわいい孫なんだから、私だけでも歓迎してよ。ほら、おすそ分け」

差し出された保冷バッグには、冷凍された魚の切り身がたくさん入っていた。ふるさと納税の返礼品だというそれは、甘塩、麴《こうじ》漬け、粕《かす》漬けなど様々に味付けされ、調理を終えた状態で一切れずつ包装されている。小骨もすべて除去されており、レンジで温めるだけで食べられるらしい。

「杏が食べやすいから取り寄せたんだけど、ってことは、おばあちゃんたちも食べやすいんじゃないかと思って」

「ありがとう、助かるよ」

最近善治は嚥下《えんげ》が怪しく、食事中にむせていることが多い。もともと魚の骨もばりばりと噛み砕いて食べる人だが、そろそろこういうものに切り替えた方がいいだろう。近所のスーパーにも小骨を除去した魚は売られているが、種類が限られている。通販を利用すればもっといいものが買えるのだなと、感心してその水産会社の電話番号を控えた。美礼にはお礼として、出回り始めたばかりの豊水《ほうすい》梨をむいてやった。

温かい茶を淹《い》れて一息ついていると、あ、と小さく声を上げて美礼がテレビをつけた。相撲にチャンネルを合わせ、楽しそうに土俵入りを観始める。

「なんだ、みれちゃんも追っかけか。おばあちゃん知ってるよ、居るんだろう？　流《は》行《や》りのイケメンが」

「ちっがーう。私はその若いイケメンじゃなくて、私と同年代の関取が推しなの。今日当たるんだよ、そのイケメンと」

「おし？」

「ファンってこと。私は今、東の関脇のファン」

「どれどれ。どれが流行りのイケメンで、どれが東の関脇？」

タカは絢爛《けんらん》豪華な化粧まわしをつけた力士たちの集団を映すテレビの画面へ身を乗り出した。これ、これ、と示す美礼の指先を追って目を凝らす。

「今の子って感じの顔」

「若いイケメンはもうすごい人気よ。お茶漬けのCM出てる」

「へえ、今度ちゃんと見てみよう」

土俵入りを終えて、取り組みが始まった。どの力士も、たまに名前は聞いたことがあってももうほとんどが知らない顔だ。美礼の解説を聞きつつ、観戦する。若い体、年を食った体、大柄な体、小柄な体、皮膚がぴんと張った体、くたびれて見える体、傷一つない珠の体、テーピングだらけで満身創痍《そうい》の体。本当に様々な肉体を持つ力士が、土俵を割ったら負け、というシンプルなルールのもと力比べを行う。場をピリリと締め上げる「はっけよい」の声。肉体がぶつかる重い音。

「面白いねえ。パッと見て、ああ大きいし元気そうだし、こっちの力士が勝つんだろうなあって思うような取り組みでも、案外小柄な力士が勝つんだ」

「そうそう、やっぱり小柄で強い力士はね、技があるから人気だよ」

「力比べなのに不思議だね。手品みたいだ」

「腕力だけが勝敗を分けるわけじゃないから。小柄でも土俵際の技術で勝つ人、スピードで勝つ人、色々いるよ。逆に大柄な人の、迫力のある押し相撲も圧倒されて気持ちいいし……あ、次だ、次！　あーどうしよう、ドキドキする」

ついに美礼が一番好きな東の関脇と、快進撃を続ける若手力士の一番がやってきた。

確かに二人とも人気なのだろう。客席から多くの声がかけられ、懸賞の旗もたくさん回っている。きっとみず江もこの一番を見ているんだろうな、とタカは若手力士の涼しい目元を見ながら楽しくなった。確かに美しい風貌《ふうぼう》だ。体格がよく、肌つやもいい。いかにも堂々とした相撲を取りそうな偉丈夫。いいもんだね、とあとでみず江に電話して伝えよう。

塩をまく二人を見ながら、やけに美礼がそわそわしている。なんでも彼女の推しの東の関脇は怪我からくる不調で、大関から陥落したばかりなのだという。確かに膝《ひざ》も胸もテーピングだらけの、痛々しい姿をしていた。体格も、若手力士より一回り小さい。

「そりゃ強い若手は最高だし、応援してるけどさー。年取ってて、怪我もして、そんな不利な状況の人にこそ勝ってほしい……」

熱のこもった応援を見ながら、タカは美礼が――ほんの数日前まで、小さな舌をメロンのかき氷で染めていた気がする孫が、いつのまにか若者ではなく、傷を負った中年に自分を投影していることに驚いた。不思議だ。美礼なんて、家事も育児も分担してくれる優しい夫が居て、仕事も続けて、子供も得て、なに一つ人生に悩みなんてないだろうに。フェミニズムなんて運動が推し進める、女が生きやすい社会の恩恵をまさに受け取っている世代だろうに、「傷を負った」などと感じることがあったのか。

そう考えて、タカは自分がウーマンリブやフェミニズムを他人事《ひとごと》のように考えていた、もう一つの理由に思い当たった。

自分向けではない、と思っていたのだ。それは下の世代を救済する運動で、自分はその恩恵を受けられない。だって、もう嫁いでしまった。職を得る機会もなかった。贅沢を言ったらばちが当たる。そんな人生観で長い時間を過ごし、もはや生活を変更する時間も余力もない。諦《あきら》めではなく、ただの事実としてそう思ってきた。

制限時間いっぱいとなり、行司の軍配が返された。気迫を込めて両者が向き合い、土俵に手を突いた次の瞬間。

満身創痍の関脇が鋭く踏み込んで若手の体に深く突き刺さり、瞬時にまわしを取って寄り切った。目の奥に光の軌跡が残る、稲妻のような動きだった。いいものを見た！　と興奮して、全身の血がわっと沸く。

「すごいね！　みれちゃん良かったね！」

「うわーん……」

驚いた。顔を向けると、美礼はべそをかいていた。

「明日、すごく気が重い会議があるんだけど、頑張る」

「ええ、そうなの？」

「うん……上司が高圧的で辛いんだ。でも大事な企画だから、言うべきことちゃんと言う……推しが頑張ったんだもん、私も頑張れる」

「推しねえ」

面白い概念だ。こんな風に今の人は、贔屓の相手から活力を得るのか。テレビでは先ほどの一番がスローモーションで再生され、解説が行われている。立ち合いの低さとスピードがものを言ったらしい。しかも関脇は両者の体がぶつかった瞬間、さらに体を沈めて若手のふところにずくりと潜り込んでいた。練られた動きが、美しい金色の流れとして網膜に残ったのだ。

すっかり夢中で見入ってしまい、壁時計を見上げて驚いた。五時半。いつもならとっくに、善治が「飯はどうした」と聞いてくる時間だ。

むしろ、なぜ声をかけられなかったのだろう。怪訝《けげん》に思って寝室に向かうも、敷布団は整えられたままだった。庭にも畑にも、善治の姿は見えない。買い物にでも出かけたのか。いや、こんな夕飯時に家にいないのはおかしいし、行き先を告げずにいなくなるのはもっとおかしい。

さあ、とタカの全身から血の気が引いた。参った、どうしよう。これまでも耳が遠い、言っていることが嚙み合わないなどの老いを想起させる症状はあったけれど、ついにふらりとどこかへ行ってしまうようになったか。

家の周囲を見回ってくれた美礼と玄関先で顔を合わせる。

「じいちゃん、いた？」

「いないよ。どうしたんだろう。だいたい畑にいるのに」

「うーん……こういうときって警察かな、市役所かな……時々、迷い人の放送やってるよね」

「冗談でしょう、やめてちょうだい！」

地域全体に放送するなんて、そんな大騒ぎをして、もしもただの行き違いや記憶違いだったら目も当てられない。一家で恥をかくことになる。自分ではとても決められない、と首を振ると、美礼は不満げに唇をとがらせた。

「じゃあどうするの」

「……貫一を」

「お父さんを呼んだって、状況は変わらないよ？」

「ううん」

その時、固定電話がじりじりと鳴り響いた。慌ててつっかけサンダルを脱ぎ、受話器にかじりつく。

「大前戸でございます」

「いつも大変お世話になっております。大前戸善治様の、奥様でいらっしゃいますか」

回線ごしに丁寧な口調で切り出したのは、日頃利用している銀行の行員だった。

善治は、窓口が閉まる午後三時の少し前に銀行に現れたらしい。

「預けていた金が減っている、と担当者から連絡があった。自分は使っていないし、なにかがおかしい」と曖昧な内容を告げて説明を求めていたという。対応した行員が善治が持参した書類を確認したところ、それは投資信託の報告書だった。三年ほど前に五百万の契約を行ったが、株価が急落し、百五十万ほど元本割れを起こしていた。

預けていた金が減るのはおかしい、減らないと契約したときの行員も言っていた、と善治は主張し、二時間半近く窓口に居座っていたという。

「こちらが本件の資料と、契約書の写しでございます。一度お引取りの上、ご家族様でご確認いただきますよう、お願いいたします」

行員は苦々しい顔で大判のぶ厚い封筒を差し出した。恐縮しつつタカはそれを受け取る。投資信託？　善治はいつのまにそんなものを始めていたんだろう。すでに銀行は入口にシャッターが下ろされ、職員たちが忙しそうに事務作業を行っている。迷惑をかけている、とひしひしと感じ、身が縮む思いがした。

「ほら、おじいさん帰りましょう。銀行だって閉まる時間だし、家でもう一度確認してみればいいじゃないですか」

「おじいちゃーん、投資信託ってお金減るんだよ。手数料だってとられるんだから」

善治はソファの一つに腰を下ろし、周囲に怒気を振りまいたまま動かない。

「うるさい。お前たちじゃだめだ、貫一を呼べ」

「お父さん呼んでどうすんのよ」

「お前たちじゃ話にならん」

「はあ？」

不快をあらわに顔をしかめ、美礼はスマホを取り出した。フロアの外れへ向かい、不機嫌な口調で貫一と話し始める。

「お前たちじゃ話にならんって言われたもの。おじいちゃんぜんぜん動かないの。知らないよ。長男の務めじゃない？　私に言われたって困る」

照明が半分消されたフロアで冷や汗をかきながら待っていると、三十分ほどでスーツ姿の貫一がやってきた。

「おい頼むよ。仕事中だっての」

うんざりした口調で呼びかけられ、タカはいやな気分になった。文句は善治に言ってほしい。行員から口頭で説明を受け、貫一は善治に呼びかけた。

「じいさん、とりあえず帰ろうぜ。今度俺が話を聞きに来るからよ」

「うん。お前な、俺の代わりにこれを読んでちゃんとやっておけ」

善治は手元の書類をかき集めてばさりと貫一に渡すと、そのまま涼しい顔で立ち上がった。迷惑かけたの一言もなく、通用口からすたすたと出て行ってしまう。また妙なところに行かれてはたまらない。タカは対応していた行員に頭を下げ、慌てて後を追った。背後で、美礼と貫一が口論していた。

投資信託は、後日貫一が代理で解約手続きを行った。しかし善治は腑《ふ》に落ちなかったようで、その後もたびたび銀行に赴いては業務時間外まで居座り、タカや貫一が呼び出される事態を招いた。

「こんなくだらないことにいちいち付き合ってらんないよ。じいさんが出かけないよう、ちゃんと見張っておいてくれ」

放り出すような息子の物言いに、タカは絶望的な気分になった。

「そんなの、私が見つけたって止められるわけないじゃないか」

そもそも善治の方がタカよりずっと筋肉質で、体も重いのだ。その上タカの話には端《はな》から耳を貸さないのだから、どうしようもない。

投資信託の一件から、もともと一つの物事に固執する傾向のあった善治は自分の資産に対する不安を深めるようになった。様々な金融関係の書類を引っ張り出して朝も夜も延々とカレンダーの裏に数字を書き込み、計算をしている。数字が合わない、百五十万はどこに行った、銀行がまた俺を騙した、と再びいきり立って出かけようとする。それをタカが止めると逆上する。

「いい加減にしろ！」

「そう言いたいのはこっちですよ、ああもう！」

つかんだ腕を善治に振り払われ、タカは砂利道に尻餅《しりもち》をついた。今日も善治は銀行に行ってしまった。これでまた、夜に貫一に叱られる。

タカは道端に尻を落としたまま、色の薄い秋空を見上げた。梨を食べていた夕方は、楽しかったのに。大相撲も、まともに観戦できたのは結局あの一度きりで、善治の言動に右往左往していたら千秋楽を迎えてしまった。夜中でも急に起き上がって歩き回り、電気をつけて計算を始めるものだから、タカの睡眠も連日浅い。気が休まる暇がない。

昨日は風呂を洗いそびれた他、善治に来春の野菜の苗を植える手伝いを命じられ、手順を間違えて怒られた。家に立ち寄った貫一には、カーテンが汚くて外から見るとみっともないよ、と言われた。昔は洗濯機で洗ったものだが、最近は腰が曲がってカーテンレールまで手が届かないし、濡《ぬ》れた大きな布を扱う元気もなくて洗いづらい。そう返すと、クリーニング屋を呼べばいいだろう、と面倒くさそうにあしらわれた。クリーニング屋はそんなことしてくれるんだろうか？　そもそもこの歳になると、新しい付き合い先を増やすことにも億劫《おっくう》さを感じる。

――どうして私はいつもなにかを命じられ、仕損じて、怒られ続けるのだろう。ずっとこれが続くのか。死ぬまで。

座っていても、誰も夕飯の支度はしてくれない。善治は外食や出前をいやがる。不慣れなものがきらいで、すぐに「これはだめだ」と首を振る。同じ理由で、掃除や買い出しをやってくれるサービスも「なにか盗まれたらどうするんだ」と一切受け入れない。こんなとき、愚痴をこぼせる唯一の同志だったみず江は、とっくに橋を渡って別の世界に行ってしまった。タカは尻を払って立ち上がる。

夜中、タカはわけもなく目が覚めた。額の辺りにまなざしの圧を感じ、顔を上向ける。

常夜灯の淡い明かりの中、自分の枕元で仁王立ちになってじっと睨《にら》みつけてくる善治を見つけ、もう終わりだ、と思った。この人は終わりだ、そして私も。善治の目つきは奇妙に熱っぽく、仇《かたき》でも見るような憎しみが込められていた。

「起きろ、そこに座れ」

「いいか、なにか勘違いしているようだから言っておいてやる。俺のやり方に文句があるなら明日にでも荷物をまとめて出ていけ」

「俺はお前に居ろだなんて頼んじゃあいない」

「俺が一度でも苦労をかけたことがあるか？」

「恩を仇《あだ》で返しやがって」

どうしてこうなったんだろう、とタカは敷布団に正座させられたまま考える。

私が、漢字の名前をもらえなかったからだろうか。

老いのせいか、病のせいか、説明が不足した銀行のせいか、問題を正視しない息子のせいか、この人に伴侶《はんりょ》を気遣うことを教えなかった姑のせいか——それとも、もっと早くに違う人生を選べなかった自分のせいか。

「おい、聞いてるのか」

どうしてこの人は誰とも会話が成り立たず、誰からも嫌われる、傲慢《ごうまん》で幼稚で、どこまでも孤独な厄介者になってしまったのだろう。仕事で成功すること以外、大切だと教わったものがなにもなかったのか。なかったのだろう、きっと。

そして自分は、その厄介者から逃げられない。私もまた幼稚だからだ、とタカは錆《さ》びた釘《くぎ》を体にねじ込むような痛みをこらえて思う。幼稚なもの同士が足を結ばれ、橋を渡れない。広い岸辺へ、出られない。

どおん、と子供の頃に聞いた爆弾の音が耳によみがえる。贅沢を言ったらばちが当たる。どおん、どおん。まるで世界のすべてが自分を押し潰そうとしてくるような。

でも、あのときは母親に抱かれていた。母親に抱かれたい。兄弟たちと体を寄せたい。救いのない真っ暗な夜に、今の私は一人だ。善治の説教は二時間に及んだ。

朝方、一睡もできぬまま、タカは貫一に電話をかけた。

「おじいちゃんが変になっちゃったよ」

夜中にずっと説教をしてきたこと、目つきが変わっていたことを伝え、自分一人ではもう面倒を見切れない、と口ごもりつつ切り出す。口を動かしている間、ずっと胸で小鳥が暴れていた。ハタハタハタ、ハタハタハタ。夫から離れる。世話を、放棄する。そんなことが許されるのか？ ここまで食わせてもらっておいて？ 貫一は疲れまじりの困惑した声で言った。

「朝からなに言ってるんだ。老人ホームなんて今から探したってどこもいっぱいで、空いてないよ。どうせもう親父は長くないし、申し込んでも順番が来る前にお迎えが来ちまうって。説教なんか無視すりゃいいから、気が済むまで畑で遊ばせて、最後は本人の希望通り自宅で死なせてやってくれよ」

通話が切れた。小鳥の羽音がやむ。

数日後、夕飯の支度をしようと台所に向かったタカは、大きな剪定鋏《せんていばさみ》を握った善治が木くずを散らして高い位置にある食器棚の角を削っているのを見つけ、愕然《がくぜん》とした。日頃は柿の木の枝などを切るのに使っている鋏だ。ぎらりと銀色の刃が輝く。

「あぶなっ……おじいさ、おじいさん……」

呼びかけても、善治はなにも反応を示さない。目を見開き、体のあちらこちらに力のこもったぎこちない動作で、見えない枝を切っている。ガッ、ガッ、と日常の屋内ではけっして聞くことのない異様な音がする。

とにかく誰かを呼ばなければ、自分ではこの事態を収められない。体を震わせ、タカは電話機にすがりついた。指になじんだ貫一の電話番号を押していく。

そして、途中で押すのをやめた。

ガッ、ガッ、ガッ。異様な音が体の中でこだまする。頭のなかが真っ白だ。助けてほしい。助けてくれるのは誰だ。少なくとも、貫一ではない。指は、身の危険を感じたら押すのだと、子供の頃から繰り返し教わった番号を押していた。

「はい。事件ですか、事故ですか」

明瞭《めいりょう》な男性の声が回線の向こうから返った。

ああ、外の人に繋いでしまった。ハタハタと胸の内部が掻《か》きむしられる。暴れる鳥が、タカを責めている。

「あ、あの、夫が……もう八十過ぎなんですけど、急におかしくなって……家の中で、剪定鋏を振り回しているんです。枝が、そこにないのに、見えるみたいで……危なくって、どうしたらいいか」

「すぐに伺います！」

それから、五分も経たないうちに警官が二名やってきて、驚いて動きをとめた善治の手から剪定鋏を取り上げた。どうか落ち着いて、そこにおかけください、とソファに誘導し、剪定鋏をタカに渡す。

「これはどこか、目につかない場所にしまっておいた方がいいですね」

「は、はい」

「地域包括支援センターはご存じですか？」

「ええ？」

「こちらが番号です。今後、ご主人の行動でお悩みのことがありましたら、ぜひご相談ください」

メモに電話番号を書いて渡される。タカはそれも、黙って受け取った。そう大ごとではないと判断されたのか、二人来ていた警官はいつの間にか一人になっていた。体の震えがとまらない。すると、タカの半分ぐらいの年齢だろう中年の警察官は迷うそぶりで眉をひそめた。

「どなたか、信頼できるご親族は近くにいらっしゃいますか？」

「はい？」

「落ち着かないようでしたら、呼ばれてはいかがでしょう」

「あ……はい、はい、そうですね……すみません、ちょっと、待っていて、ください」

誰にかければいいのだろう。貫一じゃない。美礼はまもなく出産だ。それに美礼では、善治に影響を及ぼせない。どうすればいい。どうすれば、この暗い夜から出られる。制服の警察官。剪定鋏。放心した善治。削られた食器棚。日頃なら決して見られない光景の数々。病院で検査を受けてほしい、介護サービスを利用してほしいと自分がいくら懇願しても、善治は聞く耳を持たないだろう。貫一は心の奥底で善治との対峙《たいじ》を避けている。きっとまともに取り合わない。だけどあと一人は、この場の非日常をすべて繋ぎ合わせれば、押し切れるのではないか。

正当な相撲は取れない。そんな若さも膂力《りょりょく》もない。ならば八艘《はっそう》飛びだ。賭《か》けるんだ。ハタハタハタ。唯一の活路、意識の端で捉《とら》えたかぼそい金色の勝ち筋をなんとしても辿《たど》る。手放さない。ハタ、ハタ。私が変える。私しかいない。

――ばちが当たる。

「当たらない」

力を込めて呟いた瞬間、胸の中の小うるさい鳥の首をポキリとくびる、確かな手ごたえを感じた。

心が凪《な》いで、静かになる。

電話機の上に手をかざし、タカは年に数度しかかけない本家の番号を押した。

泡を食ってやってきた勇と優子に、先手とばかりに玄関先で頭を下げる。

「介護サービスを利用するよう、勇ちゃんから、うちのおじいさんを説得してほしいんだ」

　それからタカは、つい先ほどまで善治が剪定鋏で食器棚を削っていたこと、強い恐怖を感じて警官を呼んだこと、さらにはここ数週間の善治の、タカでは全く対処できなかった問題行動について二人に打ち明けた。勇は居心地悪そうに首の裏に手を当て、ちらりとタカの後ろにたたずむ警察官に目をやった。

「そういうことは……俺じゃなくて貫ちゃんが請け負うことだろう」

「貫一はだめだ。親にも限界があるってことが、分からない子なんだよ。私がずっと元気で、おじいさんの世話ができると思ってる」

「ううん……」

　ここが肝要だ、とタカは下腹に力を入れた。彼らがけっしてないがしろにできない呪縛をわしづかみにして、低く、鋭く、踏み込む。

「もう私ひとりじゃ行き届かない。頑張って、苦労して、勲章までもらった立派な人なのに、最後の最後で変な刃傷沙汰《ざた》でも起こしたらと思うとやりきれないんだ。勇ちゃん、どうか力を貸しておくれよ」

「ああ……うーん……世話になった人が晩節を保てるよう骨を折るのも、かわいがってもらった者の務めか……分かりましたよタカさん。とりあえず、俺から話してみます。しかしどうしたもんかな、検査なんていやがるだろうしなあ」

首の裏をがりがり引っ掻きながら、困り顔で勇が玄関に入っていく。

その背中を見送った優子が、やけに楽しげに口角を上げてタカへ言った。

「ちなみに検査は、健康診断のついでに、とか方便を使って誘導するといいみたいですよ」

まるで、自分の夫が問題の対処に向かったのを、面白がっているような顔だった。優子は優子で、腹に据えかねていることが無数にあるのだろう。

「もう大丈夫ですかね」

律義に二人の到着まで待っていてくれた警察官が聞く。タカは、振り返ってうなずいた。心は鏡のように凪いだままだ。

「はい、もう大丈夫です」


七ヶ月後、素晴らしい誘いがタカのもとへ届いた。

美礼が、関取に赤ん坊を抱いてもらって写真撮影ができる五月場所の観戦チケットに当選したのだ。美礼と、まだ生後六ヶ月の律《りつ》と、タカの三人で撮影会に参加することにした。赤ん坊を抱いてくれる関取のメンバーには、今場所から大関に返り咲く、美礼の贔屓の力士も入っている。

「赤ちゃんだけでなく、ついでにおばあちゃんも抱っこしてくれないかねえ」

家の前まで迎えに来てくれた白い関取車の後部座席に乗り込みながら、タカは冗談を言った。今日は深い紺色の久留米絣《くるめがすり》のワンピースに、ふわりと軽い撫子《なでしこ》色のスカーフを合わせた。「推し」に会うために服を選ぶのは人生で初めてで、とても楽しかった。運転席に着いた美礼が軽く笑う。

「試しに言ってみれば？　生後……んん？　七十九かける十二？」

「今月の末で八十歳になるね」

「生後九百六十ヶ月！　やばいね律。おばあちゃん、あんたの百六十倍生きてるよ。生後九百六十ヶ月さん、シートベルトは締めましたか？」

「はい、いつでもどうぞ」

「しゅっぽーっ」

薄曇りの白い空の下、古い家が並ぶ住宅街を抜けた車は、ほどなくして川にかかった古い橋を越えた。

もうタカは、橋のこちらに来てくれと誰かに願うことはない。自分が望めば、どこにでも行ける。

「握手がしたいな。元気が出たよ、ありがとうって言いたい」

「おばあちゃん、いつのまにそんなにはまったの」

「ふふ」

彼方の輝きに、触れに行くことだってできる。

そしてその一粒の星のような誇りを、左胸に飾って生きるのだ。

勲章よりもよほど確かな、宝として。

解説

池《いけ》澤《ざわ》春《はる》菜《な》（作家・声優）

古い話で恐縮だけど、ずっと心に残っている歌詞がある。

調べたら『黒《くろ》の舟唄《ふなうた》』という歌だった。能吉利人《のうきりひと》作詞、桜井順《さくらいじゅん》作曲、なんと歌は野《の》坂昭如《さかあきゆき》だ。

冒頭の二行だけ引用する。

「男と女のあいだには
深くて暗い河がある」

小さい頃に聞いたので、この歌詞の意味はわからなかった。ただ、深くて暗い河、という響きはわたしの心にずっと残り、何かあるとふっと顔を出す。

小説を書くことは、ずっとわたしにとって深くて暗い河の向こうにあることだった。

モラハラDVの恋人とは、深くて暗い河を挟んで対峙《たいじ》しているようだった。

これから先の人生は、深くて暗い河を小さなボートで流されているような心許なさがある。

人によってこの河は、せせらぎだったりアマゾン川だったり、暗渠《あんきょ》を流れる渋谷川だったりするのだろう。

本書を読みながら、ずっとあの歌詞のことを考えていた。

『川のほとりで羽化するぼくら』は四篇の、時代も世界も登場人物も違う、でもいずれも川が象徴的に登場する短篇集だ。

「わたれない」では、夫と妻、父と母、男と女、外で稼ぐものと家を守るものという世間一般の形から少しずつ自由になろうとしている暁彦《あきひこ》の前に、川は「固定観念」や「らしさ」という障害となって立《た》ち塞《ふさ》がる。華奢《きゃしゃ》で脆《もろ》い、けれど確かなトンボの羽に託す、川の向こうへの思い。

「ながれゆく」は、今、ここではない、不思議な国の話だ。七夕や天の羽衣伝説などさまざまな伝承をその身に写しながら生きる男女が、作られた物語から一歩踏み出すまで。ここでは川は越えるものから、新しい天地を目指す道になる。

「ゆれながら」はSFの範疇《はんちゅう》に入るだろう。東西ドイツのような二つの国を隔てる川。そこにある橋を渡って行き来することはできるけれど、人々の心はなかなか繋《つな》がらない。この物語の中でもう一つ象徴的なのは、壁と、壁に穿《うが》たれた穴としての目だ。バンクシーを思わせる謎めいたアーティストのストリートアートは、それを覗《のぞ》き込む人の世界を、世界に対する視線を変えていく。小さなその目が、揺れる橋が、二つの世界を結ぶ。

「ひかるほし」は現在、日本の物語。支配的な夫や男性の存在、自分の立ち位置を当たり前のものとして受け止めていたタカが、様々な世代の女性たちと触れあうことで、本当の自分を取り戻していく。エンカレッジメントであり、エンパワメントな一篇。渡ることはできないと思い込んでいた深く暗い川を、八艘飛《はっそうと》びに軽やかに越えていくタカの姿に、希望と誇りを覚える。

彩瀬《あやせ》まるさんの筆も、ジャンルを軽々と飛び越えていく。現代を舞台にした作品が多いが、「ながれゆく」や「ゆれながら」のように、架空の世界に行ってもその筆は揺るがない。

なぜ彩瀬さんは、この二篇でわたしたちが慣れ親しんだ現実世界ではなく、異なる背景を選んだのだろう。例えば「ながれゆく」を室町時代として、「ゆれながら」を分かたれた二つの国として書くこともできる。それでも、彩瀬さんは「今、ここ」ではない場所、時を選んだ。

SFやファンタジーには越えていく力があるからではないか。「今、ここ」を離れることで、描きたいものにフォーカスをあてる。異なる世界に生きる人間を際立たせる。世界の壁を壊し、より遠くまで行く力を持っているのが、SFやファンタジーだ。

この二篇の話で描かれた川を越えるには、SFとファンタジーの翼が必要だった。そしてわたしたちもまた、その越える力に背中を押される。川を越え、新たな世界へと旅立つ勇気をもらえるのだ。

本書の単行本は二〇二一年刊行。当時のインタビューの中で、彩瀬さんは次のように語っている。

「私たちを縛る固定観念から脱出し、まったく別の価値観へ向かう物語を考えようと思いました。そんな話を担当編集者としていたところ、『深く考えず、慣習として行っていることって多いよね』という話題から『七夕って何に祈っているんだろう』という疑問がふと生じたんです。そこから七夕伝説をモチーフに、目に見えない縛りという〝川〟を越える話を書いてみようと考えました」

様々な設定、様々な登場人物の葛藤《かっとう》の中を、川が流れていく。川の深さも、流れの速さもそれぞれ違う。けれど、どの登場人物も物語の最後では川の向こうを見ている。越えられるもの、越えた先にきっと新しい世界があることに希望を抱きながら、物語は終わる。

彩瀬まるさんは、千葉県生まれ。五才からの二年間をアフリカのスーダンで、七才からの二年間をサンフランシスコで過ごし、小学四年生の時に日本に帰国。小説は中学二年生から書き始めたという。

二〇一〇年、「女による女のためのR—18文学賞」読者賞を「花に眩《くら》む」で受賞し、デビュー。二〇一七年『くちなし』が、二〇二一年『新しい星』がそれぞれ直木賞候補となった。

『暗い夜、星を数えて—3・11被災鉄道からの脱出—』では自身の東日本大震災の被災体験を綴《つづ》った。

彩瀬さんの作品には喪失や諦念《ていねん》、違和、遺されるものや、遺していくものが描かれることが多い。読後、静かに心に沈んでいく言葉たちの中に、砂金のように希望や光がある。その光に触れたくて、ページをめくる。

本書のタイトルにも意味がある。

「誰かに許されて川を渡るのではなく、自分の力で、自由なタイミングで渡れるようになるといいなと思い、このタイトルをつけました」

川を渡った先は、また違う地獄かもしれない。川を渡った先に、また違う川があるかもしれない。それでも、隣を見れば同じように逡巡《しゅんじゅん》している人がいて、川の向こうには手を差し伸べてくれている人がいる。この川は渡れるのだ、と思うことが力をくれる。

タイトルが「ぼくら」と複数形なことには、そんな意味がこめられているのではないか。

読む人に力をわけてくれる、そんな本書に出会えたことを幸せに思う。

引用元：https://ddnavi.com/interview/840491/a/

参考文献

『道教』アンリ・マスペロ・著　川勝義男・訳（平凡社）

『道教百話』窪徳忠・著（講談社学術文庫）

『たなばた』君島久子・再話　初山滋・画（福音館書店）

『行事の由来えほん　たなばたものがたり』舟崎克彦・文　二俣英五郎・絵（教育画劇）

チャイナネット　牛郎織女の神話
(http://japanese.china.org.cn/archive2006/txt/2002-04/18/content_2029605.html)

慶應義塾大学学術情報リポジトリ「中国の羽衣説話：その分布と系譜」君島久子
(https://koara.lib.keio.ac.jp/xoonips/modules/xoonips/detail.php?koara_id=AN00072643-00240001-0020)

京都先端科学大学学術リポジトリ「中国における七夕伝説の精神史」川田耕
(https://kyotogakuen.repo.nii.ac.jp/records/1169)

廣田紬株式会社（https://hirotatsumugi.jp/）

きものと悉皆　みなぎ（http://www.37gi.com/）

本書は、二〇二一年八月に小社より刊行された
単行本を加筆修正のうえ、文庫化したものです。

川《かわ》のほとりで羽化《うか》するぼくら

彩瀬《あやせ》まる

令和6年 10月25日　初版発行

発行者●山下直久

発行●株式会社KADOKAWA
〒102-8177　東京都千代田区富士見2-13-3
電話　0570-002-301（ナビダイヤル）

角川文庫 24359

印刷所●株式会社暁印刷
製本所●本間製本株式会社

表紙画●和田三造

●お問い合わせ
https://www.kadokawa.co.jp/（「お問い合わせ」へお進みください）
※内容によっては、お答えできない場合があります。
※サポートは日本国内のみとさせていただきます。
※Japanese text only

ISBN 978-4-04-114856-3　C0193

JASRAC 出 2406795-401

角川文庫発刊に際して

角　川　源　義

第二次世界大戦の敗北は、軍事力の敗北であった以上に、私たちの若い文化力の敗退であった。私たちの文化が戦争に対して如何に無力であり、単なるあだ花に過ぎなかったかを、私たちは身を以て体験し痛感した。西洋近代文化の摂取にとって、明治以後八十年の歳月は決して短かすぎたとは言えない。にもかかわらず、近代文化の伝統を確立し、自由な批判と柔軟な良識に富む文化層として自らを形成することに私たちは失敗して来た。そしてこれは、各層への文化の普及滲透を任務とする出版人の責任でもあった。

一九四五年以来、私たちは再び振出しに戻り、第一歩から踏み出すことを余儀なくされた。これは大きな不幸ではあるが、反面、これまでの混沌・未熟・歪曲の中にあった我が国の文化に秩序と確たる基礎を齎らすためには絶好の機会でもある。角川書店は、このような祖国の文化的危機にあたり、微力をも顧みず再建の礎石たるべき抱負と決意とをもって出発したが、ここに創立以来の念願を果すべく角川文庫を発刊する。これまで刊行されたあらゆる全集叢書文庫類の長所と短所とを検討し、古今東西の不朽の典籍を、良心的編集のもとに、廉価に、そして書架にふさわしい美本として、多くのひとびとに提供しようとする。しかし私たちは徒らに百科全書的な知識のジレッタントを作ることを目的とせず、あくまで祖国の文化に秩序と再建への道を示し、この文庫を角川書店の栄ある事業として、今後永久に継続発展せしめ、学芸と教養との殿堂として大成せんことを期したい。多くの読書子の愛情ある忠言と支持とによって、この希望と抱負とを完遂せしめられんことを願う。

一九四九年五月三日

角川文庫ベストセラー

角川文庫ベストセラー

角川文庫ベストセラー

いるいないみらい　窪美澄

いつかは欲しい、でもいつなのかわからない……夫婦生活に満足していた知佳。しかし妹の出産を機に、夫に変化が――（「1DKとメロンパン」）。毎日を懸命に生きる全ての人へ、手を差し伸べてくれる5つの物語。

ナラタージュ　島本理生

お願いだから、私を壊して。ごまかすこともそらすこともできない、鮮烈な痛みに満ちた20歳の恋。もうこの恋から逃れることはできない。早熟の天才作家、若き日の絶唱というべき恋愛文学の最高作。

一千一秒の日々　島本理生

仲良しのまま破局してしまった真琴と哲、メタボな針谷にちょっかいを出す美少女の一紗、誰にも言えない思いを抱きしめる瑛子――。不器用な彼らの、愛おしいラブストーリー集。

クローバー　島本理生

強引で女子力全開の華子と人生流され気味の理系男子・冬治。双子の前にめげない求愛者と微妙にズレてる才女が現れた！　でこぼこ4人の賑やかな恋と日常。キュートで切ない青春恋愛小説。

からまる　千早茜

生きる目的を見出せない公務員の男、不慮の妊娠に悩む女子短大生、そして、クラスで問題を起こした少年……。注目の島清恋愛文学賞作家が〝いま〟を生きる7人の男女を美しく艶やかに描いた、7つの連作集。

角川文庫ベストセラー

眠りの庭　千早茜

白い肌、長い髪、そして細い身体。彼女に関わる男たちは、みないつのまにか魅了されていく。そしてやがて明らかになる彼女に隠された真実。2つの物語がひとつにつながったとき、衝撃の真実が浮かび上がる。

夜に啼く鳥は　千早茜

少女のような外見で150年以上生き続ける、不老不死の一族の末裔・御先。現代の都会に紛れ込んだ御先は、縁のあるものたちに寄り添いながら、かつて愛した人の影を追い続けていた。

ふちなしのかがみ　辻村深月

冬也に一目惚れした加奈子は、恋の行方を知りたくて禁断の占いに手を出してしまう。鏡の前に蠟燭を並べ、向こうを見ると――子どもの頃、誰もが覗き込んだ異界への扉を、青春ミステリの旗手が鮮やかに描く。

本日は大安なり　辻村深月

企みを胸に秘めた美人双子姉妹、プランナーを困らせるクレーマー新婦、新婦に重大な事実を告げられないまま、結婚式当日を迎えた新郎……。人気結婚式場の一日を舞台に人生の悲喜こもごもをすくい取る。

きのうの影踏み　辻村深月

どうか、女の子の霊が現れますように。おばさんとその子が、会えますように。交通事故で亡くした娘を待ちわびる母の願いは祈りになった――。辻村深月が〝怖くて好きなものを全部入れて書いた〟という本格恐怖譚。

角川文庫ベストセラー

宇宙エンジン　中島京子

身に覚えのない幼稚園の同窓会の招待を受けた隆一は、ミライと出逢う。ミライは、人嫌いだった父親を捜していた。手がかりは「厭人」「ゴリ」、2つのあだ名だけ。失われゆく時代への郷愁と哀惜を秘めた物語。

眺望絶佳　中島京子

自分らしさにもがく人々の、ちょっとだけ奇矯な日々。客に共感メールを送る女性社員、倉庫で自分だけの本を作る男、大になってほしいと依頼してきた老女。中島ワールドの真骨頂!

アーモンド入りチョコレートのワルツ　森絵都

十三・十四・十五歳。きらめく季節は静かに訪れ、ふいに終わる。シューマン、バッハ、サティ、三つのピアノ曲のやさしい調べにのせて、多感な少年少女の二度と戻らない「あのころ」を描く珠玉の短編集。

宇宙のみなしご　森絵都

真夜中の屋根のぼりは、陽子・リン姉弟のとっておきの秘密の遊びだった。不登校の陽子と誰にでも優しいリン。やがて、仲良しグループから外された少女、パソコンオタクの少年が加わり……。

ラン　森絵都

9年前、13歳の時に家族を事故で亡くした環は、ある日、仲良くなった自転車屋さんからもらったロードバイクに乗ったまま、異世界に紛れ込んでしまう。そこには死んだはずの家族が暮らしていた……。